CONSPIRATION 365

Gabrielle Lord

Traduit de l'anglais par Ariane Bataille

CONSPIRATION 365

FÉVRIER

[redacted]

RAGEOT

À Hélène, Jessica et Sam.

Cet ouvrage a été imprimé sur un papier
issu de forêts gérées durablement,
de sources contrôlées.

Couverture : La cidule*grafic/Nathalie Arnau.

Suivi de la série : Claire Billaud et Guylain Desnoues.

ISBN 978-2-7002-3683-5
ISSN 1772-5771

Cet ouvrage a d'abord paru sous le titre *Conspiracy 365 : February*
chez Scholastic Australia Pty Limited en 2010.
Cette édition est publiée avec l'accord de
Scholastic Australia Pty Limited.

Loi n° 49-956 du 16-07-1949 sur les publications
destinées à la jeunesse.

Je m'appelle Cal Ormond,
j'ai quinze ans,
je suis un fugitif...

Les personnages de mon histoire...

Ma famille : les Ormond

• **Tom :** mon père. Mort d'une maladie inconnue, il a emporté dans la tombe le secret de notre famille qu'il avait découvert en Irlande. Il m'appartient désormais de percer le mystère de la Singularité Ormond grâce aux dessins qu'il m'a légués.

• **Erin :** ma mère. J'aimerais tant lui prouver mon innocence !

• **Gaby :** ma petite sœur, 9 ans. Elle est ce que j'ai de plus cher au monde.

• **Ralf :** mon oncle. Il est le frère jumeau de mon père. Dérouté par son attitude depuis la disparition de ce dernier, je ne peux m'empêcher de me méfier de lui.

• **Bartholomé :** mon grand-oncle. Très âgé, il vit à la campagne. Il a transmis sa passion de l'aviation à mon père. Il détient peut-être des renseignements précieux sur notre famille.

Les autres

• **Boris :** mon meilleur ami depuis l'école maternelle. Passionné par le bricolage, très astucieux, c'est un pro de l'informatique. Il est toujours là quand j'ai besoin de lui.

• **Le fou :** je l'ai rencontré la veille du nouvel an. Il m'a parlé le premier de la Singularité Ormond et conseillé de me cacher 365 jours pour survivre.

• **Dr Edmundson :** neurologue. Il m'a envoyé les dessins réalisés par mon père sur son lit d'hôpital.

• **Jennifer Smith :** elle affirme avoir été l'infirmière de mon père. Il lui aurait confié quelque chose pour moi. Alors que je devais la rencontrer, j'ai été kidnappé. Puis-je lui faire confiance ?

• **La mystérieuse femme rousse :** aidée par des gangsters, elle m'a enlevé pour m'interroger sur la Singularité Ormond.

• **Vulkan Sligo :** truand notoire, chef d'une bande de malfrats. Il a voulu m'extorquer des informations sur la Singularité Ormond. Son nom est associé à celui d'un célèbre parrain de la mafia : Murray Durham, dit Coupe-orteils.

• **Gilet Rouge** : le surnom que j'ai donné à l'un des hommes de main de Vulkan Sligo, car il en porte toujours un !

Ce qui m'est arrivé le mois dernier...

31 décembre

Un fou se précipite sur moi. Il affirme que mon père a été assassiné et que je connaîtrai le même sort si je ne me cache pas jusqu'au 31 décembre prochain, minuit.

365 jours à tenir...

1er janvier

J'arrive, in extremis, à survivre à un naufrage pendant une violente tempête au milieu d'une mer infestée de requins.

2 janvier

Notre maison est cambriolée et saccagée.

9 janvier

Une femme prend contact avec moi, elle prétend détenir des informations sur mon père. Mais je suis kidnappé et interrogé par une bande de gangsters avant d'avoir pu la rencontrer.

10 janvier

J'échappe à mes ravisseurs. Le même jour, mon oncle et ma petite sœur sont agressés sauvagement. Ralf se remet de ses blessures et sort de l'hôpital, tandis que Gaby est placée en soins intensifs. On diffuse mon portrait partout dans les médias comme si j'étais leur agresseur ! La police me recherche ! Je n'ai pas le choix : je dois fuir.

13 janvier

Réfugié dans un squat, j'essaie de comprendre le sens des dessins énigmatiques que mon père a réalisés juste avant de mourir, et je réfléchis au moyen de prouver mon innocence.

31 janvier

Je suis enlevé à nouveau, cette fois par une autre bande criminelle, celle de l'infâme Vulkan Sligo. Quand il se rend compte que je n'ai aucune information à lui livrer, il me fait enfermer dans une cuve qui se remplit de mazout…

FÉVRIER

1er février
J -334

Zone industrielle
Près de Richmond, Australie

00:00

Sur ma droite, le tuyau continuait à cracher le mazout nauséabond qui remplissait inexorablement la cuve dont j'étais prisonnier. Je m'efforçais de garder la bouche hors de cette marée montante tout en martelant de mes poings visqueux la plaque d'égout au-dessus de ma tête.

Inutile.

Elle ne bougerait pas.

Le crissement des pneus qui s'éloignaient sur les chapeaux de roues m'a rappelé que j'étais absolument seul. Abandonné.

Condamné à mourir.

00:03

J'avais beau essayer de changer de position dans cette masse aussi épaisse et gluante que de la colle, elle recouvrait presque entièrement ma bouche maintenant. Les lèvres serrées l'une contre l'autre, je tenais la tête désespérément penchée en arrière afin de maintenir mes narines – ma dernière chance de survie – au-dessus du liquide qui menaçait de m'engloutir.

« Reste calme, respire », me suis-je dit. Je savais que si j'avais le malheur d'aspirer le mazout par le nez, je mourrais. Les puissantes vapeurs toxiques me brûlaient déjà les poumons comme de l'acide. J'étais pris de vertiges et, sous l'effet de l'angoisse, ma respiration s'accélérait de plus en plus.

Les paroles que j'avais prononcées peu de temps auparavant résonnaient dans ma tête. « Une rousse, avec des lunettes de soleil violettes. »

Pourtant je n'avais jamais vu celle qui m'avait enlevé. Qu'est-ce qui m'avait pris de raconter ça à Sligo ?

Le plus surprenant, c'est qu'il semblait savoir de qui je parlais – il connaissait une femme qui avait assisté au colloque et correspondait à cette description !

Je n'y comprenais rien. Quelle était ma place dans cette histoire ?

J'avais échappé à la mort en pleine mer, un mois plus tôt, et voilà que je me retrouvais de nouveau face à elle.

Mais cette fois, je n'avais aucune chance de m'en tirer.

00:04

Le mazout effleurait mon nez. D'une seconde à l'autre, il envahirait mes narines... J'ai bandé mes muscles pour soulever mon corps, ne serait-ce que d'un millimètre. Impossible : j'étais englué.

J'ai inhalé quelques gouttes du poison visqueux. 365 jours... L'avertissement que m'avait donné le fou le 31 décembre me vrillait le cerveau comme une plaisanterie sinistre. Je n'avais survécu qu'un mois ! Quelle que soit cette force maléfique qui visait ma famille, elle avait fini par me rattraper. Encore quelques secondes et je ne pourrais plus respirer... J'ai fermé les yeux en espérant que la mort m'aspirerait vite.

00:05

J'étais tellement concentré sur ma fin prochaine, tentant de résister à tout prix, que je n'ai pas réalisé que le tuyau avait cessé de déverser son flot de mazout. Par miracle, le robinet avait été fermé. La machine stoppée.

Que s'était-il passé ? Je tremblais de la tête aux pieds. Je me trouvais presque intégralement immergé dans le mazout, mais vivant...

J'ai ouvert les yeux, m'efforçant de continuer à garder les narines à l'air libre, et de rester aux aguets...

Rien.

J'ai soulevé un bras délicatement en évitant autant que possible de faire des vagues, et j'ai cogné contre la plaque au-dessus de ma tête.

Je me suis adossé dans un angle avec l'espoir d'exercer une pression plus forte. C'était inutile : je gaspillais mon énergie. La plaque ne s'ébranlerait pas. Le mazout ne coulait plus, mais j'étais toujours son prisonnier.

00:09

Le soulagement que j'avais éprouvé a bientôt cédé la place à l'horreur. Quelle naïveté de croire que l'arrêt du remplissage de la cuve signifiait automatiquement qu'on viendrait me sauver. Si je ne sortais pas d'ici au plus vite, je n'avais aucune chance de survivre.

Les idées se bousculaient dans mon esprit. Après tout, peut-être aurait-il mieux valu que la cuve se remplisse à ras bord et que je me noie d'un seul coup. Maintenant que j'étais bloqué dans ce trou obscur, j'allais mourir lentement d'asphyxie ou, pire, de soif !

J'ai tendu l'oreille, à l'affût d'un quelconque signe d'espoir, mais, dans le silence de ce qui serait bientôt ma tombe, je n'entendais que mon sang qui pulsait contre mes tympans, que les battements de mon cœur affolé.

Comment allais-je m'évader de ce piège ?

00:18

– Eh !

Une voix ?

– Eh, toi dans la cuve ! T'es OK ?

OK ? Quelqu'un me demandait si j'étais OK ? Était-ce une hallucination ? Les vapeurs toxiques me donnaient des vertiges ; je n'étais sûr de rien. J'aurais voulu crier, mais je ne parvenais pas à ouvrir la bouche. Il fallait que je fasse du bruit, n'importe quel bruit, pour manifester ma présence. J'étais terrifié à l'idée de rater ma chance – si toutefois c'en était une – et d'être laissé pour mort.

Machinalement, j'ai respiré par le nez, fermé les yeux puis bourré la plaque de coups de poings. Le mazout m'a éclaboussé la figure.

Je me suis à nouveau crispé.

Je ne pourrais pas retenir ma respiration beaucoup plus longtemps.

À la seconde où mes poumons allaient exploser, j'ai entendu un craquement suivi d'un grincement. Quelqu'un déplaçait la plaque d'égout !

Elle s'est soulevée et une lumière douce a baigné le liquide noir qui m'entourait. Je me suis hissé en haut de l'échelle jusqu'à l'ouverture en suffoquant. J'avais échappé à la marée mortelle, je revenais à la vie !

Toussant, haletant et secouant dans tous les sens ma tête engluée de mazout, je me suis cramponné au rebord, la moitié inférieure du corps pendant sans force dans la cuve pleine.

– Qui est là ? ai-je fini par articuler.

Pas de réponse.

– Y a quelqu'un ? ai-je lancé à nouveau tout en jetant un coup d'œil circulaire.

Personne.

La voix que j'avais entendue provenait-elle de mon imagination ? Et si c'était un mauvais tour de Vulkan Sligo, une torture mentale qu'il s'amusait à m'infliger ?

– Pourquoi tu ne sors pas de là ? Ça te plaît de te baigner dans ce truc gluant ?

Pas d'erreur, on s'adressait à moi. Une voix de fille. J'ai essayé de m'extraire de la cuve. Mes vêtements et mes baskets, saturés de liquide visqueux, pesaient très lourd ; mes pieds glissaient sur l'échelle, mes tibias heurtaient les barreaux de fer. Finalement, j'ai réussi à m'extirper du trou et à rouler sur le dos. J'étais épuisé.

Une forme floue est apparue dans mon champ de vision. J'ai cligné plusieurs fois des paupières avant de distinguer quoi que ce soit.

Au-dessus de moi se tenait la fille que j'avais aperçue avec Sligo dans le bureau, celle au maquillage étrange et aux cheveux en bataille. Ses yeux en amande me dévisageaient.

– Qui es-tu ? ai-je demandé d'une voix mal assurée. C'est toi qui as stoppé le remplissage ?

– Regarde-toi un peu. Un vrai monstre des marais.

Quoi ?

– Il n'y a que tes yeux et ton front qui ont gardé une apparence humaine ! a-t-elle ajouté en riant.

Après tout ce que j'avais enduré, elle ne pensait qu'à plaisanter ? J'ai voulu me redresser tout en cherchant une réplique intelligente qui lui clouerait le bec, mais j'ai dérapé et je suis retombé lourdement sur le côté.

Elle a éclaté de rire à nouveau. Cette fille se moquait carrément de moi !

– Si tu te voyais ! Crois-moi, c'est d'un comique ! a-t-elle lancé alors que je m'éloignais du bord de la cuve en rampant.

J'ai tenté encore une fois de me relever. Avec une force surprenante, elle a attrapé ma main droite et m'a mis d'aplomb. Je testais mon équilibre pour me tenir debout sans son aide quand une de mes baskets huileuses s'est dérobée. Je me suis retrouvé par terre mais, cette fois, comme la fille ne m'avait pas lâché, elle s'est affalée sur moi.

Au moins, ça lui a coupé l'envie de rire.

Elle s'est relevée avec une grimace de dégoût. Son visage, ses mains et ses vêtements étaient à présent maculés de mazout.

– Regarde ce que tu as fait ! s'est-elle exclamée.

– Si tu te voyais ! Un vrai monstre des marais ! ai-je persiflé.

Elle a baissé la tête et tenté, sans succès, de se débarrasser de la substance noire et visqueuse.

– Il faut que je me nettoie, a-t-elle déclaré.

Et elle est partie en courant vers un bâtiment, à l'arrière du bureau dans lequel on m'avait interrogé. Je l'ai suivie tant bien que mal.

00:38

J'ai pénétré à mon tour dans une sorte de buanderie. La fille se lavait la figure dans un grand bac en métal. Un miroir cassé pendait au-dessus d'un lavabo. Je m'en suis approché. En me découvrant dans la glace, j'ai eu un choc : je ne distinguais que le blanc de mes yeux au milieu d'un barbouillage sombre, et des traînées gluantes de mazout glissaient sur mon visage avant de goutter sur le sol.

Les battements de mon cœur commençaient à se calmer. J'étais vivant, et libre.

– Tu n'iras pas loin dans cet état-là, m'a-t-elle prévenu en me scrutant de ses yeux aux reflets verts pailletés de noir. Tu ferais mieux de te dépêcher si tu veux te nettoyer, ils vont bientôt revenir – pour repêcher ton cadavre dans la cuve – et s'ils te trouvent ici, nous risquons d'avoir des ennuis.

Très nerveuse, elle ne cessait de jeter des coups d'œil vers la porte. Elle avait un beau visage même si ses yeux étaient froids et sévères. Et pourtant, pour une raison qui m'échappait, elle était restée là afin de me sauver la vie.

– OK, ai-je répondu, mais je dois récupérer mon sac à dos.

– Je t'ai assez aidé comme ça. Je finis de me décrasser et je fiche le camp. Tu te débrouilleras tout seul.

J'ai vite retiré de mon visage le maximum de mazout. Je ne disposais pas de beaucoup de temps pour obtenir les réponses dont j'avais besoin ; cependant, cette inconnue pourrait certainement m'éclairer…

– Tu peux m'expliquer ce que tu fais avec Vulkan Sligo et pourquoi tu m'as secouru ?

Elle s'est essuyé rapidement la figure avec une serviette.

– Tu veux savoir pourquoi je t'ai aidé ? a-t-elle lancé.

Manifestement, elle n'avait pas envie de répondre à la première partie de ma question.

– Je t'ai aidé parce que… j'aime bien tes piercings.

– Tu m'as sauvé à cause de mes clous ?

Aussitôt j'ai porté la main à mon visage pour m'assurer que mes faux piercings étaient en place. Puis je me suis souvenu de la bague celtique que m'avait offerte Gaby, ma petite sœur, et je l'ai cherchée frénétiquement. Ouf ! Elle était toujours à mon doigt.

– Y a un problème ? T'es vivant, non ? Ça te suffit pas ?

Cette fille était incroyable.

– D'ailleurs, tu ferais bien de te grouiller si tu veux le rester, vivant, a-t-elle ajouté. Je suis très sérieuse. Sligo va rappliquer d'une minute à l'autre et si jamais il me voit...

Elle a marqué une pause et jeté son sac sur son épaule.

– ... il saura que c'est moi qui t'ai sorti de là. Et je veux l'éviter à tout prix. Il ne doit même pas se douter que je savais que tu étais enfermé dans la cuve.

– Je comprends.

Elle n'avait pas besoin de se justifier. Je me rendais parfaitement compte du danger. Sligo avait voulu me noyer, il était capable de tout.

– Nous devons d'abord retourner au bureau pour récupérer mon sac à dos.

La fille était en train de brosser sa jupe humide.

– Nous ? Désolée, comme je viens de te l'expliquer, je n'ai pas le temps. Je ne veux pas finir à mon tour dans la cuve. Personne ne me sauverait, moi.

Elle a ramassé son foulard sur le bord du lavabo avant de se diriger vers la porte.

– Attends un instant ! Qui es-tu ? Pourquoi m'as-tu secouru ?

Elle est passée devant moi sans s'arrêter, puis a légèrement ralenti.

– Écoute, je veux bien t'attendre cinq minutes sur la route. Mais pas plus, c'est trop dangereux pour moi de traîner dans les parages. Si tu sors avant le retour de Sligo, évite l'entrée principale. Utilise la petite porte qui se trouve dans l'angle au fond de la cour, après les voitures.

Elle a jeté un coup d'œil à sa montre avant de filer en lançant par-dessus son épaule :

– Cinq minutes, pas plus, compris ?

– Et mon sac ? La porte du bureau est sûrement fermée ! ai-je crié.

– Il y a un double de la clé au-dessus de la fenêtre.

00:52

Laissant derrière moi des empreintes noires et humides, j'ai couru jusqu'aux marches menant au bureau et les ai escaladées d'un bond. Une fois sous la véranda, j'ai glissé la main sur le rebord de la fenêtre de droite. Rien.

Un bruit de moteur m'a fait sursauter. Une voiture approchait. C'était sûrement Sligo, ou ses hommes de main, qui venaient repêcher mon cadavre.

Je me suis précipité vers la fenêtre de gauche et mes doigts tremblants ont rencontré une clé. Elle a failli m'échapper car ma main était encore toute visqueuse. J'ai réussi à ouvrir la porte, je ne sais comment. Mon sac à dos était exactement là où je l'avais vu la dernière fois : dans la corbeille à papier. Je m'en suis emparé. Moins d'une seconde plus tard, j'étais dehors.

Le bruit de moteur s'était tu. La cour paraissait déserte. Il ne s'agissait peut-être pas de Sligo après tout.

Je me suis débarrassé en vitesse de mon jean imbibé de mazout pour en prendre un propre que je gardais dans mon sac. Sur ma peau mouillée, il n'était pas facile à enfiler. Puis j'ai mis mon sweat à capuche et couru à perdre haleine en direction de la petite porte du fond, zigzaguant entre des carcasses de voitures et des montagnes de pièces détachées. J'espérais ne pas être dans l'un de ces entrepôts gardés par des molosses sanguinaires.

Soudain, la zone où je me trouvais s'est illuminée. Je me suis retourné : c'était une voiture ! Juste derrière moi !

J'ai pris mes jambes à mon cou. Les phares puissants ont changé de trajectoire et m'ont suivi, perçant l'obscurité.

Deux hommes ont sauté du véhicule pour se lancer à ma poursuite tandis que je filais vers le fond de la cour, en quête de la porte dont la fille m'avait parlé.

Courbé en deux, je me suis faufilé entre des morceaux de carrosseries rouillées, des moteurs, des pièces détachées, jusqu'à ce que je repère enfin la porte dans le grillage.

Je suis alors sorti à découvert et j'ai couru comme un dératé.

01:01

Les malfrats hurlaient et fulminaient derrière moi. Tête baissée, j'ai foncé aussi vite que possible et attendu d'être à bonne distance du dépôt pour ralentir. J'ai scruté la rue, espérant voir la fille.

Elle a surgi brusquement des buissons.

– Sauve-toi ! ai-je hurlé. Ils arrivent !

Sans un mot, elle m'a rejoint et nous avons couru côte à côte, empruntant des rues les unes après les autres sans réfléchir à notre destination – du moment que c'était le plus loin possible de cet entrepôt de vieilles voitures. Loin de Sligo. Loin de la cuve à mazout. Loin du danger.

01:23

Finalement, les cris de nos poursuivants se sont tus. Nous avons cessé de courir. Je me suis affalé lourdement contre un muret de briques pour reprendre ma respiration. La fille s'est arrêtée elle aussi, haletante. Elle a observé les paumes de ses mains : à la lueur des réverbères, j'ai vu qu'elles étaient rouges, enflées, couvertes de cloques. Elle s'était sans doute blessée en débloquant la plaque d'égout de la cuve.

Tout à coup, elle a surpris mon regard.

– Tu aurais pu dire merci, a-t-elle lancé d'un ton sec.

01:25

– Crois-moi. Je te suis très reconnaissant. Merci beaucoup, euh... Je ne sais même pas comment tu t'appelles.

Elle s'est remise en marche sans répondre. Étant donné qu'elle m'avait sauvé la vie, je n'allais pas insister si elle préférait garder le silence. Pas pour l'instant du moins.

Nous avons poursuivi notre chemin à une allure rapide. J'espérais que nous étions suffisamment loin de Sligo. La course éperdue et la chaleur de la nuit m'avaient mis en nage.

– Moi, je connais ton nom, a déclaré soudain la fille en levant les yeux et en changeant son sac brodé d'épaule. Toute la ville connaît ton nom. Sligo aussi, bien sûr.

De près, je voyais briller des éclats vert et or dans ses yeux sombres. J'ai remarqué que son épaisse chevelure ondulée était parsemée de reflets étincelants comme des paillettes.

– Je sais, ai-je répondu.

Que voulait-elle dire par là ? Sligo n'était pas le genre de truand à s'émouvoir du sort d'un adolescent fugitif. Il ne pouvait avoir qu'une seule raison de s'intéresser à moi : il avait appris quelque chose sur la découverte sensationnelle de mon père. Sligo avait déjà connaissance de l'ange et de l'Énigme Ormond. Il avait aussi parlé d'un bijou. Peut-être avait-il eu vent d'une information qui avait filtré lors du colloque en Irlande.

01:32

Nous avons fait une nouvelle halte. La nuit était calme et silencieuse. On percevait seulement le chant des grillons[1]. Je me sentais trembler de la tête aux pieds. Ce devait être le contrecoup.

Nous étions arrivés au milieu d'un ensemble de pavillons de banlieue dans lesquels, j'en étais sûr, toutes les familles dormaient depuis longtemps.

J'ai pensé à ma mère, probablement éveillée, elle, chez nous, loin d'ici, et à Gaby, seule à l'hôpital, sous assistance respiratoire. Ma mère avait perdu presque toute sa famille – d'abord mon père, puis d'une certaine façon Gaby, et maintenant moi.

1. En Australie, comme dans tout l'hémisphère Sud, les saisons sont inversées. Février est un mois d'été.

J'aurais fait n'importe quoi pour retrouver mon ancienne vie, cesser d'être cet adolescent pourchassé, ce fugitif, obligé de se cacher dans un squat délabré, obligé de garder constamment une longueur d'avance sur... sur le monde entier.

Soudain, j'ai été interrompu dans mes pensées par la fille qui lançait :

– J'ai entendu pas mal de choses. Je sais que tu as un truc qui intéresse Sligo.

Le regard perdu au loin, j'ai demandé :

– Tu sais de quoi il s'agit ?

Si seulement elle pouvait me donner quelques réponses concrètes !

Elle a secoué la tête. Les paillettes ont scintillé dans ses cheveux.

– Juste que c'est super important et qu'il ne reculera devant rien pour l'obtenir.

– Ça, j'avais remarqué.

– Je me doutais que tu n'étais au courant de rien, a-t-elle déclaré sur un ton neutre. Autrement, tu aurais parlé. N'importe qui aurait craqué... plutôt que de mourir noyé dans une cuve à mazout.

Enfin un point sur lequel j'étais d'accord avec elle.

– Tu sembles en savoir long sur moi. Je ne pourrais pas connaître au moins ton nom ? ai-je insisté, espérant que cette conversation franche allait continuer.

Je préférais me montrer prudent, je ne voulais pas la brusquer. Je lui devais la vie et j'avais tant de questions à lui poser. Pas seulement sur Sligo et ce qu'il avait appris au sujet de mon père, mais sur elle. Elle m'avait aidé, elle avait stoppé le déversement du mazout ; alors, que faisait-elle avec Sligo ?

Je ne parvenais pas à la cerner. Elle ne ressemblait en rien aux filles que je côtoyais au lycée. Elle avait beau être très étrange, j'appréciais sa compagnie. C'était agréable d'avoir quelqu'un à qui parler... quelqu'un qui ne cherchait pas à me tuer.

– Je te dirai mon nom quand on sera arrivés, a-t-elle répliqué.

– Arrivés où ? Je croyais qu'on s'éloignait de nos poursuivants.

– Maintenant, c'est à toi de m'aider.

– Ah oui ? Tu ne pouvais pas me le demander simplement ? Je n'aime pas trop recevoir des ordres, surtout d'une inconnue anonyme.

Une main sur la hanche, elle m'a jeté un regard intense.

– Très bien. Je m'appelle Winter. Winter Frey. Satisfait ?

– Bizarre comme nom.

– J'aime ce qui est bizarre.

Je réfléchissais à une réplique spirituelle quand une voiture a débouché au coin de la rue, à une centaine de mètres devant nous.

Je n'ai pas attendu d'être sûr que c'était la Subaru noire de la bande de Sligo. J'ai attrapé Winter par la main pour l'entraîner dans une allée bordée de buissons. Quand je l'ai libérée, j'ai remarqué un minuscule oiseau tatoué à l'intérieur de son poignet gauche. Elle a vivement retiré sa main puis croisé les bras comme pour se protéger, et nous nous sommes accroupis afin d'observer, sans être vus, le véhicule qui passait lentement devant nous.

– La voiture de Sligo, a-t-elle murmuré.

Cachés dans l'ombre, nous sommes restés immobiles jusqu'à ce qu'elle ait disparu pour de bon. Alors Winter a jeté un coup d'œil aux alentours et décidé :

– On y va.

01:49

Je me sentais complètement épuisé. Mon visage était enflé à force d'avoir été frotté, mes tibias et mes bras meurtris par mes coups répétés contre la cuve, et mon épaule droite m'élançait toujours afin que je ne l'oublie pas. Malgré tout, je ne cessais de songer à l'oiseau tatoué, et je m'interrogeais sur la présence de Winter dans la rue avec moi – un fugitif – au beau milieu de la nuit.

– Qu'est-ce que tu faisais avec Vulkan Sligo ? ai-je fini par demander à nouveau.

Winter s'est arrêtée sous un grand arbre et tournée vers moi tandis que je scrutais la rue à l'affût du moindre mouvement.

– Tu veux vraiment le savoir ?

– Oui.

– La réponse est simple. Sligo est mon tuteur.

– Ton tuteur ? Qu'est-ce que tu veux dire ? Où sont tes parents ?

L'air est subitement devenu figé et glacial.

– Tu poses trop de questions.

– J'aimerais juste comprendre.

– Prends tes infos ailleurs, d'accord ?

J'ai haussé les épaules.

– Bref, a-t-elle repris, même s'il est mon tuteur, je ne traînerais pas avec lui si...

– Si quoi ? Toi aussi tu es une sorte de hors-la-loi ? Qui se ressemble s'assemble ?

J'ai cherché du regard le minuscule oiseau tatoué sur son poignet.

Elle a secoué la tête. Un million de paillettes ont étincelé dans ses cheveux.

– J'ai mes raisons. D'excellentes raisons que je n'ai pas à expliquer. À qui que ce soit. Sligo a besoin de moi. Ne serait-ce que pour l'aider à améliorer son image.

– Améliorer son image ? Il veut se ranger ?

Je n'en croyais pas mes oreilles.

– Il y a à peine deux heures, il allait m'assassiner et tu prétends qu'il veut redorer son image ? Hilarant !

– Tu trouves peut-être ça drôle, mais Sligo a de grandes ambitions. Il n'aime pas que les médias le traitent de criminel.

– C'est un criminel !

– Peu importe : lui ne se voit pas de cette façon. Il meurt d'envie d'être considéré comme quelqu'un de bien, de respectable. C'est pour ça qu'il s'intéresse à toi.

– Il s'intéresse tellement à moi qu'il a voulu me noyer ! Curieux raisonnement, Winter.

– Il désirait te contacter à sa manière et apparemment son plan n'a pas fonctionné. Écoute, je n'ai pas à me justifier. Mais sache que ce truc énorme après lequel il court et la raison de ton interrogatoire sont étroitement liés à sa tentative désespérée d'être… respecté et admiré. Voilà, c'est tout.

« La Singularité Ormond », ai-je pensé. Avait-elle le pouvoir de faire rentrer les criminels dans le droit chemin ?

– Parfois, je le soupçonne de vouloir m'utiliser moi aussi, a poursuivi Winter. Ma famille est – était – très riche. Nous possédions une propriété au cap Dauphin. Mes parents avaient réussi, ils étaient tous les deux connus… dans leur milieu.

Elle a hésité et j'ai cru percevoir l'ombre d'un profond chagrin sur son visage.

– Sligo travaillait pour mon père… avant l'accident.

Sa voix s'est étranglée.

– L'accident ? ai-je demandé doucement.
– Je n'ai pas envie d'en parler.
Son ton était cassant. En une seconde, ses yeux sont redevenus froids et elle m'a décoché un regard menaçant.
Un accident l'avait privée de ses parents ? De ses deux parents à la fois ? J'avais envie de poser la question. Je me suis abstenu, je sentais que le sujet lui était trop pénible. Tout à coup, elle ne me semblait plus si intrépide. Je trouvais déjà dur de ne plus avoir mon père, mais il me restait ma mère. Enfin, plus ou moins.
– Dis-moi un truc, a-t-elle lancé brusquement, interrompant le cours de mes pensées.
– Tu parles toujours sur ce ton ? On croirait que tu commandes une armée.
Winter a rejeté la tête sur le côté et continué :
– Tu sais t'introduire dans une maison ?

Mansfield Boulevard
Cap Dauphin

02:02

Peu de temps après, nous sommes arrivés devant une maison monumentale qui se dressait en retrait de la route. La propriété était entourée de buissons et d'une haute clôture métallique noire impressionnante.

D'après les chiffres en cuivre fixés sur la grille, on se trouvait au numéro 113. Les habitations voisines étaient tout aussi intimidantes, mais, à la différence de celle-là, qui avait un aspect négligé avec son jardin envahi par les mauvaises herbes, elles donnaient l'impression d'être parfaitement entretenues.

– Tu veux t'introduire dans cette villa ? ai-je demandé à Winter. Pas question. Tu es cinglée. L'endroit doit grouiller de caméras de surveillance.

Winter m'a regardé de la tête aux pieds.

– Elle n'est pas si bien protégée qu'on pourrait le penser, a-t-elle dit en ouvrant la grille sans aucune difficulté. Tu vois ? En fait, j'aurais dû te présenter la situation autrement. Je vais seulement rendre visite à une amie.

– Ah bon. Et ton « amie » est au courant de ta visite nocturne ?

– Euh, en réalité... il s'agit d'une visite un peu spéciale... Je pense qu'il serait plus juste d'appeler ça une intrusion par effraction. Il y a, à l'intérieur de cette maison, quelque chose que je dois récupérer et je te serais reconnaissante de m'accompagner.

« Génial, ai-je pensé. Je suis un fugitif, je viens d'échapper de justesse à un assassinat, des gangsters sont à mes trousses, la police aussi, et maintenant cette fille veut que je l'aide à cambrioler une résidence du cap Dauphin. »

– Tu as un problème ? a-t-elle poursuivi d'une voix glaciale en plissant les yeux. Je t'ai sauvé la vie, tu te souviens ? Et si j'en crois les médias, tu as deux tentatives de meurtre sur le dos. Deux. « Ado-psycho », voilà comment on t'appelle. Alors que représente un petit cambriolage pour toi ? Si tu refuses de m'aider, je peux appeler Sligo, et ses gros bras débarqueront dans cinq minutes. Tu n'iras pas très loin en cinq minutes, même en courant vite.

Qu'est-ce qui lui prenait de me menacer ? M'avait-elle sauvé uniquement pour m'utiliser ? N'était-elle qu'une manipulatrice, comme Sligo ?

– De toute façon, s'est-elle empressée d'ajouter en sentant mon changement d'humeur, ce n'est pas un vrai cambriolage.

Elle m'a entraîné à sa suite à l'intérieur de la propriété.

– La fille qui habite ici détient un objet précieux qui appartenait à ma mère. Je veux le récupérer.

– Et pourquoi ta mère ne le lui réclame pas ? ai-je demandé tout en sachant que ma question allait la mettre en colère.

Dès que ces mots ont franchi mes lèvres, j'ai regretté de les avoir prononcés. Winter a détourné la tête, pas assez vite pour m'empêcher de voir le chagrin assombrir ses traits. Elle m'a attrapé par le col de mon sweat et brusquement tiré derrière une haie très épaisse.

– Ma mère ne peut rien réclamer, a-t-elle murmuré à mon oreille d'une voix dure. Ma mère est morte.

– Désolé, ai-je murmuré à mon tour en me dégageant.

Elle a haussé les épaules. J'ai tenté de me rattraper :

– Je n'aurais pas dû dire ça... Je sais ce que tu ressens.

– Ah oui ? Vraiment ? Qu'est-ce qu'un type comme toi pourrait ressentir ? s'est-elle écriée avec fureur. Tu n'es qu'un petit lycéen bien élevé qui se retrouve tout à coup embarqué dans une galère. Et tu te prends pour un expert maintenant ? Ha !

– Eh, parle moins fort. Tu veux qu'on se fasse repérer ?

Je n'éprouvais aucune obligation de m'expliquer. Elle a plissé les yeux et dit :

– Le type qui vit ici – le petit ami de la fille – travaille comme garde du corps pour Murray Durham...

Espérant avoir mal entendu, je l'ai aussitôt interrompue :

– Murray Durham ? Le criminel ? Il est encore plus dangereux que Sligo ! Tu sais qu'on le surnomme Coupe-orteils. C'est assez explicite, non ?

La situation empirait d'heure en heure. À cause de Winter Frey, mon chemin allait croiser celui d'un nouveau gangster. Jamais je n'aurais imaginé me retrouver en compagnie de quelqu'un qui connaissait à la fois Vulkan Sligo et Murray Durham dit Coupe-orteils... Toutefois, depuis ma rencontre avec le fou, dans ma rue, la veille du jour de l'an, j'avais l'impression de ne plus côtoyer que des types infréquentables.

– Il y a très longtemps, Durham et Sligo étaient amis. Aujourd'hui, ce sont des ennemis mortels. Il est hors de question que je me fasse prendre en train de bricoler un truc ayant un rapport quelconque, même lointain, avec Durham. Sligo me renierait. Ma vie en dépend... enfin, mon argent.

Winter s'est penchée pour observer la maison à travers les buissons.

– J'ai probablement autant besoin de Sligo qu'il a besoin de moi.

– Pour ton argent de poche ?

Elle a réprimé un petit rire.

– En quelque sorte. De toute façon, ma solution est la plus simple. Pour résumer, mon médaillon a atterri entre les mains de la petite amie du garde du corps. Je suis déjà entrée plusieurs fois dans cette maison ; je sais précisément où il se trouve.

Au mot « médaillon », j'ai senti mes cheveux se hérisser sur ma tête. Sligo m'avait interrogé à propos d'un bijou – et quelqu'un en avait volé un dans la valise de mon père. Était-ce une simple coïncidence ? Cette fille s'en était-elle emparée ?

– Ce médaillon… il t'appartient ? ai-je demandé.

– Je viens de te l'expliquer. Mes parents me l'ont offert pour mon dixième anniversaire.

– Ce n'est donc pas récent ?

Elle a levé les yeux au ciel.

– Non, évidemment. Est-ce que j'ai l'air d'avoir fêté mes dix ans hier ? En tout cas, notre problème pour l'instant c'est le garde du corps… Il est sans doute absent, il doit travailler… mais on ne sait jamais.

– Donc, si j'ai bien compris, on s'introduit dans la maison du garde du corps de Coupe-orteils alors qu'il nous attend peut-être à l'intérieur ?

Winter a hoché la tête.

– Quel garçon remarquable ! s'est-elle moquée. Un vrai cerveau ! Assez bavardé, allons-y.

02:08

Dissimulés derrière les buissons qui bordaient l'allée, nous avancions lentement vers l'immense porte d'entrée à double battant lorsque Winter m'a saisi par le bras.

– Pas par là, a-t-elle soufflé. Suis-moi.

Elle m'a entraîné sur le côté de la maison, passant devant de hautes fenêtres aux rideaux tirés, puis s'est arrêtée au pied d'une volée de marches menant à une porte de dimensions plus modestes. Elle a brandi une carte de crédit qu'elle a glissée entre le montant de la porte et la serrure, lui a donné un habile petit coup sec et a ouvert le battant sans bruit.

J'étais impressionné. Cette fille pourrait peut-être m'apprendre un truc ou deux.

Une fois à l'intérieur, nous nous sommes faufilés dans un couloir. Une télévision était allumée quelque part. J'ai tapoté l'épaule de Winter. Un doigt sur les lèvres, elle s'est tournée vers moi et m'a fait signe de continuer.

Au bout du couloir, par une porte entrouverte, j'ai vu un homme – sans doute le garde du corps – affalé dans une chaise longue en cuir noir face à un gigantesque écran plasma. Il nous tournait le dos. À ses pieds, lovée comme un chat sur le tapis blanc, une fille dormait.

Winter a désigné du doigt une porte qui se trouvait de l'autre côté du salon. Nous allions devoir traverser la pièce derrière eux pour l'atteindre.

L'homme regardait un film de guerre ponctué d'explosions, de coups de feu et de cris. Je me suis demandé comment son amie pouvait dormir avec tout ce vacarme. L'homme avait l'air complètement absorbé par le film, toutefois je préférais ne pas imaginer sa réaction si jamais il se retournait et découvrait deux intrus chez lui.

Profitant du son tonitruant de la télé, Winter et moi avons progressé à pas furtifs, plaqués contre le mur, à un mètre environ du type dans son fauteuil. Nous avions presque atteint notre but lorsque, brusquement, il a tourné la tête – pas dans notre direction heureusement, mais vers le couloir désormais désert. Avait-il entendu quelque chose ?

Terrifiés à l'idée qu'il nous voie s'il tournait la tête de l'autre côté, nous sommes restés figés sur place jusqu'au moment où le cri d'un enfant dans le film a capté son attention.

La dernière longueur enfin franchie, nous avons filé par la porte et monté un escalier. J'ai suivi Winter dans un couloir faiblement éclairé au sol recouvert d'une épaisse moquette. Nous avons dépassé plusieurs portes fermées et une série d'énormes potiches dans lesquelles poussaient des plantes hérissées de piquants. Winter semblait parfaitement savoir où elle allait.

Elle s'est engouffrée dans l'une des pièces, a rapidement refermé la porte derrière nous, puis a allumé une lampe. J'ai découvert une vraie chambre de fille. Les murs et les rideaux étaient rose pastel et le couvre-lit, en dentelle blanche, disparaissait sous des coussins de toutes les nuances du rose. Gaby aurait adoré. Winter s'est dirigée droit vers la commode surmontée d'un miroir au cadre en verre ciselé. Elle a ouvert le premier tiroir et pris une boîte à musique en velours rouge dont elle a extirpé en silence un petit cœur en argent attaché à une longue chaîne. L'air triomphant, elle l'a glissé dans sa poche en m'adressant un signe de tête, et nous avons quitté la chambre.

Nous avons effectué le trajet inverse en marchant à pas de loup sur la moquette, puis dans l'escalier. Pour sortir, nous n'avions pas besoin de repasser par le salon. J'imaginais donc que nous ne risquions plus rien.

02:20

À l'instant où Winter poussait la porte d'entrée de la maison, le battant lui a échappé et s'est rabattu en claquant contre le mur.

– Qui est là ?

– Qu'est-ce qu'il y a, chéri ? a soufflé la fille d'une voix endormie.

– Il y a quelqu'un dans la maison !

Je n'ai pas hésité une seconde.

Cette fois, c'est moi qui ai attrapé Winter par le bras pour l'entraîner à l'extérieur en quatrième vitesse, dévaler l'allée et franchir la grille le plus vite possible. Je n'ai lâché son poignet qu'une fois dans la rue.

Nous avons filé comme le vent, côte à côte, tournant à chaque intersection jusqu'à ce que nous nous sentions enfin en sécurité.

Épuisés, haletants, nous nous sommes affalés sur la pelouse d'un petit jardin public éclairé par la lune.

– Fichue porte ! a ronchonné Winter en se redressant. J'avais oublié qu'elle claquait !

Elle a enfoncé ses mains dans les poches de sa jupe, en a sorti deux barres de chocolat et a agité l'une d'elles devant mon nez. Je me suis assis à mon tour et la lui ai arrachée.

– Merci. D'où ça vient ? l'ai-je interrogée en déchirant le papier.

– Disons que je sais aussi où mon « amie » planque sa réserve de chocolat, a-t-elle répondu avec un large sourire.

– Tu connais bien les lieux.

– J'ai grandi dans cette maison.

Je me suis souvenu que sa famille était très riche, avant.

– C'est vrai ? J'ai un oncle qui habite dans ce quartier.

02:41

Le portable de Winter a sonné. Elle s'est levée d'un bond et l'a sorti de son sac. Je l'ai observée tandis qu'elle s'éloignait pour répondre, en me demandant qui pouvait l'appeler à une heure pareille.

– J'ai soif, je vais boire, lui ai-je annoncé quand elle est revenue.

Les jambes en coton, je me suis levé et dirigé d'un pas chancelant vers une fontaine au milieu du jardin. J'ai bu longtemps, puis je me suis aspergé la figure pour me rafraîchir.

En me redressant, j'ai été saisi par le doute. Comment savoir si son histoire de médaillon était vraie ? La tristesse de ses yeux m'incitait à la croire mais, d'un autre côté, il y avait en elle quelque chose qui ne m'inspirait pas confiance. J'ai bu une autre gorgée d'eau avant de retourner m'asseoir dans l'herbe, bien décidé à en découvrir davantage au sujet de Winter.

Quelle a été ma surprise en la voyant explorer le contenu de mon sac à dos à la lumière du réverbère du jardin !

– Eh ! Arrête ! ai-je crié en me précipitant sur elle. Qu'est-ce que tu fais ? Touche pas à mes affaires !

Elle avait tout éparpillé sur la pelouse, y compris les dessins de mon père et le calque avec les noms « G'managh » et « Kilfane », trouvé dans sa valise. Fou de rage, j'ai commencé à les ramasser. Puis j'ai constaté qu'elle me regardait en souriant tranquillement, le dessin de l'ange entre les mains.

– Rends-moi ça !

J'ai voulu m'en saisir, mais elle l'a rapidement écarté de ma portée.

Je m'apprêtais à l'injurier quand j'ai remarqué ses yeux. Pour la première fois, ils paraissaient brillants et animés. Elle a tendu un doigt vers l'ange, puis vers la lettre de mon père.

– D'où ça vient ? a-t-elle demandé. Tu le connais, toi aussi ?

– L'ange ? Tu connais l'ange ?

Une excitation soudaine a calmé ma colère.

– Bien sûr ! Je sais même où il est. Je l'ai vu plein de fois !

De quoi parlait-elle ? À croire que la terre entière se posait des questions sur l'ange. Et voilà que cette fille prétendait tout savoir à son sujet !

– Depuis quand tu es au courant ? a-t-elle poursuivi.

– Je ne suis au courant de rien. Je n'ai que ce dessin, fait par mon père. Pourquoi ? Qu'est-ce que tu sais ? Qu'est-ce qu'il signifie ?

Je n'aimais pas la façon dont elle tenait le dessin, comme s'il lui appartenait. Je le lui ai arraché des mains.

Le visage de Winter a retrouvé son expression habituelle, froide, supérieure, son air de dire « Va au diable ».

– Je t'en prie, ai-je insisté. Dis-moi ce que tu sais sur cet ange.

– Pourquoi ? Que représente-t-il pour toi ?

Je me suis rassis dans l'herbe.

– Mon père l'a dessiné peu de temps avant de mourir.

Aussitôt, l'atmosphère entre nous a changé du tout au tout.

– Ton père est mort ?

J'ai hoché la tête.

Elle a sorti le médaillon de sa poche avec le plus grand soin.

– Alors tu peux comprendre pourquoi ceci est important pour moi, a-t-elle murmuré d'une voix adoucie.

Oui, je comprenais parfaitement son attachement à ce bijou aussi précieux que la dernière parole d'un ami perdu. J'éprouvais le même sentiment vis-à-vis des dessins de mon père.

– Toi aussi, tu as perdu ton père ?

Les yeux de Winter se sont emplis de larmes. Elle a détourné la tête sans rien dire... mais j'avais la réponse à ma question.

Je savais ce qu'elle ressentait et je savais qu'il était prématuré d'essayer de découvrir quel genre d'accident avait pu ôter simultanément la vie à son père et à sa mère.

Elle est restée un moment silencieuse, repliée sur elle-même. Puis elle a ouvert le médaillon et me l'a tendu. Il contenait deux petites photos, des portraits. Le premier était celui d'un Asiatique aux cheveux noirs dont les yeux en amande, pareils à ceux de Winter, avaient un éclat intense ; l'autre, d'une femme blonde chez qui je retrouvais le même menton délicat.

– Tu ressembles beaucoup à tes parents, ai-je dit en retournant le médaillon.

– Vraiment ? Il est difficile de ressembler aux deux à la fois quand ta mère est blonde et ton père chinois.

Au dos du cœur en argent, on pouvait lire les mots « Petit Oiseau » délicatement gravés sous un caractère chinois.

À cet instant, son portable a de nouveau sonné. Elle a récupéré le médaillon avant de s'éloigner pour répondre.

J'ai attendu, en m'interrogeant sur l'excitation que la vue du dessin de l'ange avait provoquée chez elle et sur les circonstances de la mort de ses parents. Avait-elle un lien avec l'ange Ormond ? Winter me devait beaucoup de réponses, pourtant il me semblait que j'avais intérêt à me montrer prudent et patient.

Je n'entendais pas les paroles de Winter. Elle n'a pas tardé à raccrocher et à revenir.

– Il faut que je m'en aille, a-t-elle annoncé en me regardant dans les yeux. Il recommence à me casser les pieds.

– Sligo ?

– Heureusement que les portables existent. Il me croit à la maison. Ta disparition l'a mis dans une rogne terrible mais il ne me soupçonne pas d'y être mêlée. Il se figure qu'il me tient à l'œil. Tu parles. S'il savait où je me trouve en réalité, et avec qui !

– Écoute, me suis-je empressé de dire, ne voulant surtout pas gâcher une telle occasion. Il faut à tout prix que j'en sache plus sur cet ange. C'est vital pour moi.

Même si je n'étais pas sûr de cette fille, je me sentais gagné par l'enthousiasme à l'idée de cette chance incroyable qui s'offrait à moi – j'étais peut-être sur le point de percer l'un des secrets cachés dans les dessins de mon père.

– Il faut d'abord que tu m'expliques pourquoi il compte autant pour toi, a-t-elle répliqué. Si tu me le révèles, je te montrerai l'ange que je connais.

Pouvais-je croire sur parole une fille qui fréquentait des gangsters et s'introduisait par effraction dans les maisons ?

Winter était déjà loin quand j'ai réalisé qu'elle s'en allait pour de bon.

– Eh ! Reviens ! ai-je crié.

– Seulement si tu me dis pourquoi cet ange est si important à tes yeux. Et pourquoi Sligo est prêt à te tuer pour obtenir des informations sur lui.

J'ignorais quoi répondre. Si je lui parlais de la Singularité Ormond et de ses liens avec les dessins de mon père, elle risquait de tout raconter à Sligo. J'avais envie de lui faire confiance mais sa drôle de personnalité ne m'y incitait pas.

Je me suis levé d'un bond, j'ai couru derrière elle et l'ai rattrapée juste avant qu'elle ne sorte du jardin.

– Dis-moi où je peux trouver cet ange !

Elle s'est retournée et a repoussé ses cheveux en arrière.

– Je ne reçois d'ordres de personne. Appelle-moi quand tu seras décidé. Je réfléchirai.

Et elle s'est éloignée rapidement.

– Je n'ai même pas ton numéro !

– Regarde ton portable, Cal !

Je me suis précipité sur mon sac à dos pour y chercher mon téléphone. Il s'est allumé sur un nouveau fond d'écran : Winter au clair de lune. Elle avait ajouté son numéro à ma liste de contacts.

La planque
38 St Johns Street

06:05

Dans la rue, les oiseaux commençaient juste à s'apostropher d'un arbre à l'autre quand j'ai rampé sous la maison pour y entrer par le trou du plancher. Cela sentait tellement le renfermé et le moisi que j'ai ouvert la porte de derrière afin de laisser pénétrer l'air frais.

En entamant mon repas, j'ai réalisé à quel point j'étais affamé. J'ai englouti la moitié d'un pain rassis.

Puis j'ai repensé à Winter. Pouvais-je lui faire confiance ? Je devais à tout prix trouver l'ange qu'elle prétendait connaître mais je redoutais de me confier à elle. J'avais eu assez d'ennuis avec Sligo et avec cette femme qui m'avait enlevé, interrogé, et que, pour une étrange raison, j'imaginais rousse... Je ne pouvais pas courir le risque qu'ils en découvrent davantage.

La petite bague celtique offerte par Gaby luisait à mon doigt.

– Guéris vite, ma chère Gab, ai-je murmuré, me la représentant inconsciente sur son lit d'hôpital dans une unité de soins intensifs.

J'ai déroulé mon sac de couchage et je me suis endormi comme une masse.

14:01

– Ah, finalement t'es encore vivant, mec, a lancé Boris quand j'ai répondu au téléphone.

– À peine.

– J'ai essayé de te joindre toute la soirée, mais ton portable devait mal capter. Qu'est-ce qui s'est passé ? T'étais où ?

– Oh, c'est une longue histoire... ai-je soupiré en m'asseyant et en m'étirant.

Ce qui m'était arrivé dans l'entrepôt de voitures était devenu un souvenir flou.

– Plus rien ne peut m'étonner, tu sais. Tu me raconterais n'importe quoi, je te croirais...

J'ai alors entendu la voix de Mrs Michalko qui l'appelait.

– Merde, faut que je raccroche, voilà ma mère. Je viens te voir dès que possible, OK ?

2 février
J –333

17:17

J'ai passé la journée terré dans mon trou à rats, à tenter d'interpréter les dessins tout en espérant la venue de Boris. À un moment, j'ai entendu des gens rire et parler dans la rue : je me suis aussitôt tapi dans un coin obscur, comme un cafard apeuré.

Mon projet de visite à mon grand-oncle à Mount Helicon était tombé à l'eau à cause de Sligo : même si je mourais d'envie de partir le rejoindre dans l'espoir de trouver des réponses à mes questions, il valait mieux que je reste discret pendant quelques jours.

Apparemment, le portable de Winter était toujours éteint. Ce silence me rendait fou. À quoi bon m'avoir donné son numéro si elle n'avait pas l'intention de prendre mes appels ?

Je ne supportais plus de ne jamais obtenir de réponses à mes interrogations.

Je me sentais tellement seul. Si au moins j'avais pu rentrer chez moi. J'ai appelé ma mère et laissé un message sur sa boîte vocale, uniquement pour entendre sa voix et pour qu'elle puisse entendre la mienne. Je l'ai assurée que j'étais en sécurité, qu'elle n'avait pas à s'inquiéter.

Puis j'ai repensé à ma petite sœur, clouée sur son lit d'hôpital pendant que la police recherchait son frère de quinze ans... Les policiers devraient plutôt la protéger de gens tels que Sligo ou cette femme psychopathe qui ne reculaient devant rien pour découvrir le secret de mon père, quitte à éliminer tous ceux qui se mettaient en travers de leur chemin.

Ce n'était pas juste : je n'avais rien fait de mal et pourtant, j'étais condamné à la solitude, loin des miens. Il fallait absolument que je survive, jour après jour, pour élucider le mystère de mon père.

3 février
J –332

02:11

J'étais incapable de trouver le sommeil : j'avais l'impression d'entendre mon père m'appeler.

Je me tournais, me retournais, ni tout à fait éveillé, ni tout à fait endormi. Englué dans cet état second, j'ai vu apparaître le chien en peluche de mes cauchemars. Lugubre et effrayant, il flottait sans arrêt dans mes pensées.

Après avoir échappé à tant de dangers ces dernières semaines, je ne saisissais pas pourquoi cette image pouvait me mettre aussi mal à l'aise. La tempête en mer, les requins, les enlèvements, la quasi-noyade dans une cuve à mazout – voilà des événements réellement terrifiants que je pouvais comprendre, eux.

09:33

Brusquement, j'ai ouvert les yeux. Quelque chose m'avait tiré de mon sommeil. J'ai dressé l'oreille et entendu un bruit sourd qui provenait de l'extérieur. Aussitôt j'ai pensé à Winter : elle m'avait vendu à Sligo et lui avait révélé tous mes secrets.

Je me suis accroupi derrière une des fenêtres condamnées. Un individu rôdait dans le jardin. Je percevais des pas prudents fouler les hautes herbes.

Sans hésiter, j'ai foncé vers le trou du plancher, plongé sous la maison et tiré le tapis au-dessus de ma tête.

Accroupi au milieu de la poussière et des toiles d'araignée, je me suis efforcé de suivre le son des pas.

Ils se sont arrêtés.

À quatre pattes sous le plancher, j'ai progressé doucement vers la lumière, protégé par l'épaisse végétation qui grimpait à l'assaut de la véranda.

La tête toujours baissée pour éviter de me cogner aux planches affaissées, j'ai serré les dents quand mon épaule droite, déjà douloureuse, a heurté un pilier.

Devant moi, la lumière s'est soudain assombrie, masquée par une silhouette qui rampait dans ma direction. Il y avait quelqu'un sous la maison !

J'ai reculé maladroitement. Si je pouvais remonter par le trou du plancher et en boucher l'ouverture, j'aurais peut-être le temps de me sauver. À moins qu'on ne m'attende là-haut.

– Eh, mec ! C'est moi !

Boris !

– Cal ? a-t-il insisté.

J'ai scruté la pénombre poussiéreuse sous la maison. Quel choc de découvrir le visage rond de mon ami à quelques centimètres du mien !

– Je me demandais bien qui pouvait se cacher ici dans le noir !

09:37

– J'ai failli avoir une crise cardiaque ! ai-je poursuivi.

– Désolé, mec. Il y avait une voiture de police dans la rue. J'ai pensé que c'était plus sûr de passer par là.

Tout en retirant une toile d'araignée collée sur son front, il a ajouté en riant :

– Sympa, chez toi.

Nous nous sommes hissés hors du trou. Une fois à l'intérieur de la maison, il a ouvert son sac.

– Mmmm, pour une fois, ça sent bon ici, ai-je dit quand il m'a tendu un sachet à moitié écrasé contenant des chips et des sandwichs. Et ils sont tout frais !

– Oui, mais n'oubliez pas de manger des fruits, jeune homme, a-t-il scandé en imitant parfaitement la voix de Mrs Michalko et en me lançant deux pommes et une banane.

– Merci, maman ! ai-je blagué.

Ensuite, il a sorti son ordinateur et nous nous sommes installés confortablement par terre pour manger.

– Quelles nouvelles de Gaby ? ai-je demandé.

Boris a cessé de mastiquer.

– Rien de nouveau. Toujours inconsciente. Les médecins jugent son état « sérieux mais stable ».

Stable. Ce mot me redonnait un peu de courage.

– Et ma mère ?

Il a émis une sorte de grognement indistinct.

– Pas trop mal. Je lui ai rendu visite hier soir. Elle se plaignait d'un des collègues de ton père, Erik Machin-chose. Elle paraissait déçue qu'il n'ait pas cherché à la joindre.

– Elle parlait sans doute d'Erik Blair. Il est parti en Irlande en même temps que mon père, pour travailler sur un autre projet.

– Il pourrait peut-être nous aider, non ? a suggéré Boris. Il est comment ?

– J'ai discuté avec lui deux ou trois fois au téléphone par hasard. Il a l'air sympa. Mon père l'aimait bien. Mais tu as raison, il pourrait nous en dire plus sur ce qui s'est passé là-bas.

– Sûr. Donc, ta mère ne l'apprécie pas trop, cet Erik, et quant à toi, euh... elle est toujours convaincue que tu as sombré dans une sorte de dépression nerveuse – en réaction à tous les coups durs que tu as dû affronter. Elle a même déclaré qu'elle aurait parié que ça arriverait un jour. Quand je lui ai demandé de s'expliquer, elle s'est rétractée. C'est bizarre, mec. J'ignore ce qu'elle a, mais elle m'a paru... vidée. J'ai eu l'impression qu'elle refoulait un pressentiment qui lui crie ton innocence. Je lui ai affirmé que tu n'aurais jamais pu faire ce qu'on te reproche, elle s'est contentée de me tapoter le bras comme si elle avait de la peine pour moi.

Boris, désarmé, a commencé à se gratter la tête. J'ai compris son dilemme : il savait que j'attendais plus d'informations, et répugnait à m'annoncer de mauvaises nouvelles.

– Écoute, Cal, j'ai essayé de lui expliquer que si tes empreintes se trouvaient sur le revolver, c'était parce que tu l'avais touché chez ton oncle, mais elle n'a pas voulu m'écouter. Elle s'imagine sûrement que j'invente des histoires pour te disculper, et me prend pour un idiot de croire mon meilleur ami accusé à tort. En plus, Ralf a sorti deux ou trois réflexions sur ton « instabilité mentale » et tes « récentes réactions agressives »... Il est persuadé que tu lui as tiré dessus et que tu as attaqué Gaby. Comment veux-tu discuter dans ces conditions ?

– Qu'est-ce qui lui arrive ? Instable ? Agressif ? S'il parle de ma réaction dans la cuisine l'autre jour, il dit vraiment n'importe quoi ! Cet imbécile a perdu l'équilibre et s'est cassé la figure tout seul. Je voulais juste récupérer la lettre qui m'était destinée. Je ne l'ai même pas effleuré. Il a menti au sujet des dessins qu'il m'a volés et il ment encore quand il prétend que je les ai agressés, lui et Gaby.

– Pourquoi ? a lancé Boris.

C'était plus une constatation qu'une question.

– Je ne sais pas. Ralf est peut-être un minable et un menteur mais jamais je n'aurais levé la main sur lui.

Boris a pris une grosse poignée de chips.

– En tout cas, quelqu'un l'a fait.

– Et celui-là a plongé ma sœur dans le coma !

J'ai lâché un juron et balancé un coup de pied dans une chaise cassée.

– Comme si j'étais capable de leur vouloir du mal !

– Je sais, je sais, mon pote. Du calme. Pourtant, aussi bizarre que ça puisse paraître, c'est exactement ce que pense Ralf.

– Ces accusations ne tiennent pas, me suis-je écrié en reposant mon sandwich à moitié entamé. Il ment. Et personne ne veut me croire. À part toi. Les adultes n'écoutent que les adultes. Et nous, on n'a jamais notre mot à dire.

– Mais il n'y a pas que ce qu'il raconte, mec. Il y a tes empreintes sur l'arme.

– Ouais, je ne comprends pas. Nous savons qu'il s'agit forcément de son revolver puisqu'il y a mes empreintes dessus. Ralf s'attendait peut-être à un mauvais coup. Il avait peut-être emporté le revolver avec lui pour se protéger... Oh et puis à quoi bon ?

Toutes ces énigmes commençaient à me ronger.

Nous sommes restés un instant silencieux, les yeux dans le vague.

– Euh... a fait Boris d'un ton hésitant. Est-ce que je peux te demander... ce qui s'est passé l'autre nuit ? Tu as dit que c'était une « longue histoire ».

J'ai soupiré. J'avais plus ou moins espéré escamoter ses questions. Je lui ai quand même révélé l'explosion du casino après que nous avions échappé aux gardiens du parking de Liberty Mall, puis mon séjour dans la cuve à mazout où j'avais été jeté comme un déchet inutile.

11:02

– Sligo t'a enfermé dans une cuve à mazout ? s'est écrié Boris. Il voulait te noyer ?

– Eh, pas la peine de hurler ! Oui, tu as bien entendu. J'ai cru que ma dernière heure était arrivée. Le mazout recouvrait ma bouche et à l'instant où j'ai pensé « Ça y est ! C'est la fin ! », quelqu'un a arrêté la pompe et la cuve a cessé de se remplir.

– Qui ça ? Qui l'a arrêtée ?

– Une fille.

– Une fille ? Quelle fille ?

– Elle s'appelle Winter Frey. Elle prétend que Sligo est son tuteur…

À l'expression de Boris, j'ai compris qu'il devenait méfiant.

– Apparemment, il travaillait pour son père dans le passé. Ses parents étaient plutôt riches mais ils sont morts dans un accident et, depuis, Sligo s'occupe d'elle.

– Si elle est sous sa protection, pourquoi elle t'a sauvé la vie ?

– Aucune idée.

J'aurais bien voulu connaître la réponse à cette question, moi aussi.

– Peut-être qu'elle n'a pas supporté de rester impassible alors qu'il était évident que j'allais mourir.

Elle avait dû se cacher pour observer la scène.

– Je crois qu'elle compte sur Sligo pour subvenir à ses besoins, ai-je poursuivi, mais, à mon avis, elle n'est pas mêlée à ses activités criminelles – noyer des innocents, par exemple, ou d'autres trucs dans le genre. Elle pense qu'il s'est sérieusement donné pour mission de devenir un homme respectable, une sorte de pilier de la société.

J'ai cru que Boris allait s'étrangler de fureur.

– Bon, d'accord, ai-je continué, un homme respectable n'est pas un tueur en général. D'après Winter, Sligo s'imagine que la Singularité Ormond le rendra célèbre. S'il parvient à saisir de quoi il s'agit. Il ne m'a extorqué aucune information intéressante, toutefois il est clair maintenant que deux bandes rivales se font concurrence. Winter affirme qu'elle veut m'aider mais je la soupçonne d'être manipulatrice, elle serait bien du genre à forcer les gens à contracter une dette envers elle pour exercer ensuite sur eux un chantage.

Boris est resté assis en silence, m'écoutant attentivement tandis que je lui racontais notre entrée par effraction dans la maison du garde du corps afin de récupérer le médaillon, et la réaction de Winter devant l'ange dessiné par mon père.

– Tu lui fais confiance quand elle prétend savoir où se trouve l'ange ?

Je me suis souvenu de son visage rayonnant. Ce n'était pas une expression qu'on pouvait feindre.

– Je suis convaincu qu'elle dit la vérité. Son regard s'est vraiment animé tout à coup quand elle a découvert le dessin. Elle a promis de m'emmener voir l'ange.

Boris s'est installé plus confortablement en se calant contre le mur. Son visage rond avait repris une expression grave.

– Pourtant si elle se demande pourquoi tu attaches une si grande importance à l'ange, c'est qu'elle a une idée derrière la tête.

– Elle m'a sauvé la vie, Boris. Alors je suis prêt à prendre des risques – même si cette fille est bizarre. Elle ne ressemble pas aux filles qu'on connaît, et ça me plaît. De toute façon, tu es d'accord avec moi, l'ange est une pièce essentielle du puzzle. Mon père l'a dessiné deux fois. Pour l'instant, Winter représente notre meilleure piste.

– Elle est sexy ?

– Quoi ?

– Winter. Elle est sexy, hein ?

– Pas mal, ai-je répondu avec un certain embarras.

D'habitude, ça ne me gênait pas de parler des filles avec Boris mais cette fois, j'avais envie de conserver pour moi ce qui concernait Winter.

Boris m'a jeté un coup d'œil puis a lancé :

– Très bien. N'empêche que si elle découvre des choses, on risque d'avoir de sérieux ennuis. Reste sur tes gardes, mec. Nous n'avons pas besoin d'une autre rivale qui chasse sur notre terrain. Et surtout pas de quelqu'un d'aussi proche de ce taré de Sligo. Tu as déjà deux ennemis très dangereux.

« Au moins », ai-je pensé.

– Essaie de la rappeler, a-t-il ajouté.

« Votre correspondant n'est pas joignable pour l'instant. Merci de renouveler votre appel ultérieurement. »

Boris a ouvert son ordinateur portable.

– Personne ne connaît l'existence de cet ordinateur. On s'en est débarrassé en croyant qu'il ne marchait plus alors qu'il lui fallait juste une nouvelle batterie. La carte mère était nickel. Avant de recommencer à nous casser la tête sur ces dessins, on va créer ton profil.

– J'en ai déjà un et on le trouve dans tous les commissariats, ai-je précisé d'un air sombre.

– Je crois que tu devrais avoir ton blog. Un lien direct avec le public pourrait t'aider.

– Un blog ? Comme sur MySpace ?

– Exactement. Un endroit qui t'offre la possibilité de diffuser ta propre version de l'histoire et de rectifier les délires que les médias racontent sur toi. Personne ne te verra ni ne saura où tu es. En revanche, tout le monde pourra lire ce que tu as à dire et juger par soi-même.

– Formidable ! Boris, tu es un génie.

– Je sais.

– Et modeste, par-dessus le marché.

Pendant une seconde, j'ai eu l'impression d'avoir fait un bond en arrière, d'être redevenu un adolescent comme les autres qui rigole avec un copain. Mais ça n'a pas duré longtemps. Enfin, je détenais au moins un mince espoir et une chance de clamer haut et fort mon innocence.

Le temps passé à créer mon profil m'a permis d'oublier la mystérieuse Winter, jusqu'à ce que mes yeux tombent sur mon portable et sur son visage en train de m'observer. J'ai tendu la jambe pour éloigner mon téléphone d'un léger coup de pied et le faire glisser sous mon sac.

– Je ne peux pas rester davantage, a annoncé Boris en consultant sa montre. J'ai déjà raté tous les cours du matin et je n'ai pas envie d'apporter trop de mots d'excuse de ma « mère » en ce moment.

Boris savait imiter à la perfection la signature de Mrs Michalko.

Je n'aurais jamais pensé qu'il m'arriverait d'envier quelqu'un d'aller au lycée. Pourtant, ce jour-là, j'aurais tout donné pour remplir mon sac de livres et accompagner Boris pour la rentrée scolaire. J'aurais même supporté avec plaisir la cérémonie d'accueil dans le hall du lycée qui, en général, m'ennuyait à mourir – avec tous ses discours de remise au point après les vacances et de bonnes résolutions pour l'année à venir. J'aurais été content de suivre les cours de biologie de Mr Lloyd et de l'écouter rabâcher d'une voix aussi traînante que monotone ses éternelles consignes de sécurité dans le laboratoire, tout en aidant Boris à mener ses expériences révolutionnaires au fond de la salle.

Même les cours d'anglais de Mrs Hartley, avec ses interminables monologues sur Shakespeare et la poésie, m'auraient plu.

– Je ne crois pas que ma version de l'agression intéresse qui que ce soit, Boris. Les flics se sont déjà fait leur opinion sur moi et nous savons que ma mère et Ralf me considèrent comme un fou dangereux.

– Ils s'inquiètent pour toi, c'est certain.

– Et moi, je m'inquiète pour ma mère. Je préférerais que Ralf ne s'en approche pas trop.

– J'imagine qu'elle se repose sur lui parce que ton père est mort. Ralf est le frère de ton père, après tout.

– Il lui ressemble comme deux gouttes d'eau mais ça ne signifie rien. À chaque fois qu'il rôde dans les parages, une catastrophe se produit. Il m'a piqué les dessins et a menti à leur sujet. Et maintenant je me retrouve dans cette galère par sa faute. Pourquoi veut-il à tout prix m'écarter de son chemin ?

– Arrête, Cal. On n'a aucune preuve. Je ne crois pas que ce soit Ralf qui t'ait mis dans cette galère, même s'il ne t'aide pas spécialement à en sortir. Réfléchis : lui aussi a traversé une sale période. Il a perdu son frère jumeau. Il a failli se noyer dans la baie des Lames. Et l'autre jour, il aurait pu être tué chez toi. En plus il a une maladie cardiaque, non ? Sans compter que sa nièce est dans le coma, son neveu en fuite, et sa belle-sœur au bord de la dépression nerveuse. Il est seul pour faire face à tout ça. Ce n'est sûrement pas facile pour lui non plus, Cal. Je l'ai vu chez ta mère; il a l'air d'un fantôme.

– Tu as peut-être raison. Il est toujours tellement froid que j'en finis par oublier qu'il possède un cœur.

– Bon, j'ai besoin d'une photo de toi, a dit Boris en prenant son téléphone et en m'entraînant vers la salle de bains où il y avait davantage de lumière. Ce squat ne révélera rien de l'endroit où tu te caches, mais tourne un peu la tête pour rester à moitié dans l'ombre.

À moitié dans l'ombre, comme l'était ma vie d'aujourd'hui.

Boris a tendu son portable vers moi et pris une photo.

– Elle fera l'affaire. Je la télécharge.

B L O G	**Mettre à jour le profil** **Déconnexion**
Cal Ormond	Je m'appelle Cal Ormond. J'ai 15 ans et il n'y a pas si longtemps, j'étais élève au lycée de Richmond. Vous avez entendu parler de moi à la télé et dans les journaux. Oubliez tout ce qu'on vous a dit sur moi, oubliez tout ce que vous avez lu : rien n'est vrai. Je suis innocent. J'adore ma petite sœur Gaby. Jamais je ne lui aurais fait le moindre mal. Je n'ai pas non plus agressé mon oncle Ralf.
Écrire à Cal **Laisser un commentaire** **Boîte de réception**	

	Je n’avais aucune raison de le faire. Quand je suis rentré à la maison, le mois dernier, je les ai trouvés tous les deux par terre, inconscients. Je me suis précipité sur Gaby et lui ai fait des massages cardiaques jusqu’à ce qu’elle respire à nouveau. Comme j’étais poursuivi, j’ai dû m’enfuir avant l’arrivée de l’ambulance et de la police. Imaginez que vous découvriez votre petit frère ou votre petite sœur inconscients par terre. C’est le pire qui se soit produit dans ma vie. Gaby est toujours dans le coma et je ne peux même pas aller la voir pour la rassurer. Depuis la mort de mon père l’année dernière, les catastrophes se sont enchaînées. J’ai failli être dévoré par un requin et me noyer dans la baie des Lames avec mon oncle parce que notre bateau de pêche avait été saboté. Ensuite, notre maison a été saccagée, puis Gaby et Ralf ont été agressés. Ma famille est visée, j’ignore pourquoi. La police n’est pas la seule à me rechercher, mais il serait imprudent, pour moi et pour ma famille, d’en dire davantage.

	Je suis un fugitif et tout le monde me pense coupable. Je ne suis pas dangereux. Je n'ai agressé ni mon oncle ni ma sœur. Je vous en prie, croyez-moi. J'ai besoin que des gens me soutiennent. Je désire juste prouver mon innocence et rester en vie afin de pouvoir veiller sur ma famille. Je vous en supplie, si vous savez quoi que ce soit susceptible de m'aider, contactez-moi sur ce blog avant qu'il soit trop tard.
	Publié par Cal le 03/02 à 13 h 31 **0 commentaires**

– J'espère que ma mère le lira.

– Je m'en assurerai, m'a promis Boris.

– Peut-être qu'elle changera d'avis sur mon compte.

Il a hoché la tête, par sympathie.

– Les policiers aussi finiront par le voir. Ne t'inquiète pas, ça ne les aiguillera pas. Il faudra simplement faire gaffe en choisissant l'endroit et le moment où on enverra les messages.

Boris a commencé à rassembler ses affaires puis il s'est tourné vers moi.

– Je reviendrai ce week-end. J'allais oublier, tiens, je t'ai apporté ça pour les dessins.

Il m'a tendu un dossier en plastique rigide fermé par un clip.

– Range-les à l'intérieur. Ils vont s'abîmer et finir par tomber en morceaux si tu ne les protèges pas correctement.

Il s'est tu, pourtant je sentais bien que quelque chose d'autre le tracassait.

– Qu'est-ce qu'il y a ? ai-je demandé en lui prenant le dossier des mains.

Il a refermé son ordinateur.

– Sois prudent, mec, OK ? Je suis sérieux. Ne t'imagine pas une seule seconde que tu es en sécurité, parce que ce n'est pas le cas. Désolé de te dire ça, mais je n'ai vraiment pas envie d'ajouter ton nom à la liste des catastrophes.

– Je sais. Mort, je ne servirai à personne.

– Je suis prêt à tout pour t'aider. Je pense que ce blog est une bonne idée, cependant rappelle-toi qu'il n'est jamais trop tard pour sortir de l'ombre. Je n'ai pas envie de perdre le meilleur ami dont on puisse rêver. Tu veux continuer ton enquête ? Je suis avec toi. Tu veux y renoncer ? Je te suis aussi. Alors, à toi de voir... Tu es certain de vouloir persévérer ? De vouloir percer le secret de ton père ? À tes risques et périls et alors que tu connais l'ampleur du danger.

Dans la pénombre du squat, les paroles de Boris prenaient une tournure menaçante, presque effrayante : l'ampleur du danger. Je m'étais fait une promesse quand j'étais retourné chez moi, l'autre nuit, et que j'avais regardé mon père dans les yeux, sur la photo de famille ; je n'allais pas revenir dessus.

– Hors de question que je renonce maintenant. C'est ce qui me fait tenir.

– Ce qui te fait tenir ? Je ne te savais pas amateur de sensations fortes, a répliqué Boris.

Il ne souriait pas.

– Je n'ai pas dit ça. Je pense simplement que je ne servirai à rien si on m'enferme dans un centre de détention pour jeunes délinquants.

J'ai contemplé la planque dans laquelle je survivais.

– Le seul élément qui peut jouer en ma faveur, c'est la vérité. Je mesure le danger mais tant qu'il me restera une chance de résoudre le mystère de la Singularité Ormond et de me laver de ces fausses accusations, je continuerai. Il faut que je persévère. Il le faut. Sinon, je serai toute ma vie un fugitif.

7 février
J –328

16:03

Convaincu que Winter m'avait donné un faux numéro, j'avais fini par renoncer à la joindre. Je commençais à penser qu'elle m'avait menti en affirmant connaître l'ange. Comment vérifier si une seule des histoires qu'elle m'avait racontées s'était vraiment déroulée comme elle le prétendait ?

Fidèle à sa parole, Boris est arrivé en passant à nouveau par le trou du plancher. Je l'attendais avec impatience, non seulement parce que j'avais besoin de compagnie, mais aussi parce qu'il me tardait de savoir si mon blog était lancé.

– Il est en ligne, m'a-t-il assuré. Et il y a déjà eu plein de visiteurs !

Tout à coup, je me suis senti mieux. Moins coupé du monde.

– Quelqu'un a laissé un message ?

– Pas encore, pourtant, à mon avis, il suffit qu'une personne fasse un premier commentaire et je suis persuadé que des dizaines d'autres suivront. Je te tiendrai au courant dès que ça se produira.

Boris a sorti de sa poche le petit carnet en cuir noir fermé par un élastique qui ne le quittait jamais – rempli d'idées qui lui venaient en pleine nuit, de croquis compliqués, de notes à peu près illisibles.

– « La Société de l'Énigme Ormond a pour vocation de promouvoir et faire jouer la musique de l'époque des Tudor et de la Renaissance », a-t-il lu. Je voulais te transmettre cette information que j'ai trouvée sur le Net en effectuant des recherches sur l'Énigme Ormond. Évidemment, ce n'est pas grand-chose et ce n'est pas aussi excitant qu'un site de groupe pop.

Il avait raison, cela ne nous avançait pas beaucoup.

– Un autre site explique que l'Énigme Ormond est probablement l'œuvre d'un célèbre musicien de l'époque des Tudor, William Byrd. Mais il n'y avait aucune précision sur les paroles... ou la musique... ou quoi que ce soit d'utile pour nous. Je continuerai à chercher quand j'en aurai la possibilité. En attendant, peut-on encore jeter un coup d'œil aux dessins ?

– Bien sûr.

J'ai soulevé une planche disjointe, sorti le dossier, puis étalé les illustrations par terre. Boris a montré l'image du Sphinx de Gizeh puis tapoté du bout du doigt le tracé au crayon représentant la créature mythique et, devant elle, le buste d'un Romain.

– Je me suis documenté sur le Sphinx et l'Égypte. Je ne sais pas pourquoi ton père l'a dessiné mais j'ai découvert un truc intéressant.

– Ah oui ? Quoi ?

– Le Sphinx est lié à une énigme.

– Une énigme ?

Un sursaut d'énergie m'a fait me redresser.

– Voilà enfin une piste à exploiter ! L'énigme du Sphinx et l'Énigme Ormond.

– Ton père ne pensait que par énigmes. Je parie qu'il était au courant de l'Énigme Ormond. Il en connaissait peut-être même le contenu. Y aurait-il, dans ta famille, quelqu'un d'autre susceptible de nous renseigner ?

– Peut-être le vieil oncle de mon père – ou sa vieille tante. Je n'ai pas pu me rendre chez mon grand-oncle Bartholomé comme prévu. Or c'est probablement lui le mieux informé.

Je n'avais pas une grande famille. Les parents de mon père étaient morts depuis longtemps et les quelques cousins éloignés de ma mère vivaient à l'étranger.

– Boris, tu crois que mon père essayait de me signifier que le secret sur lequel il était tombé, la Singularité Ormond, avait un rapport avec la résolution de l'Énigme Ormond ?

– Oui. Et c'est pour ça que j'ai cherché la définition exacte du mot énigme dans le dictionnaire.

– C'est une sorte de devinette, de charade, non ?

Boris s'est replongé dans la lecture de son carnet :

– Écoute et instruis-toi, mec. D'après le dictionnaire, une énigme est « une question à laquelle on ne peut pas répondre, ou une phrase qu'on ne peut pas déchiffrer sans un minimum de réflexion ; une chose déroutante, difficile à comprendre ; une chose obscure, allusive. »

– Allusive ?

– J'ai vérifié ce mot. Procéder par allusions, c'est suggérer une idée sans la mentionner directement.

– D'accord, Boris, mais ça ne nous apprend pas grand-chose : tous ces dessins sont des énigmes !

– Attends. Tu n'aurais jamais su qu'il y a une énigme à résoudre si tu n'avais pas trouvé chez ton oncle ce papier avec les mots « L'Énigme Ormond ? ». Ton père ne pouvait pas prévoir que tu découvrirais cet indice.

Boris s'est levé et a rangé ses affaires.

– Si seulement mon père avait pu m'en dire un peu plus pour nous mettre sur la piste.

Soudain le visage rond de Boris est devenu très grave.

– Mais réfléchis ! Tu oublies à qui on a affaire ? Ton père savait qu'il devait faire preuve de la plus grande prudence en te transmettant cette information sur l'Énigme Ormond, et c'était avant que l'état de son cerveau ne se dégrade. Tu as de la chance qu'il ait réussi à réaliser ces dessins.

Boris a replacé l'élastique autour de son carnet avant de le glisser dans sa poche.

– Évidemment, il comptait aussi sur mon cerveau pour t'aider à résoudre toute cette histoire. Mon vieux Cal, qu'est-ce que tu ferais sans moi, hein ?

– Je me demande si c'est ton cerveau ou ta modestie qui me plaît le plus chez toi, Boris.

– J'admets que ça doit être assez rude de me suivre. Et ne va pas t'imaginer que je cherche à me vanter. C'est la pure vérité.

Il plaisantait, bien sûr, pourtant il avait raison. À l'école, Boris avait toujours été premier dans toutes les matières. En plus, c'était un génie, autodidacte, de l'électronique. Il pouvait ramasser dans la rue n'importe quel appareil cassé et le réparer en un rien de temps. Une fois, il avait construit un sac à dos robotisé sur chenilles qui roulait à côté de lui et l'accompagnait jusque dans la classe. Il en avait fabriqué et vendu quelques-uns.

– Je suis sûr qu'on trouvera la solution. Dès que je rentre à la maison après les cours, j'essaie d'identifier ce Romain, et je lance d'autres recherches sur le Net à propos de l'Énigme Ormond. Je vérifierai également si l'expression « ange Ormond » mène quelque part.

– Bonne idée.

J'ai contemplé sur le dessin les traits marqués du Romain, la manière dont ses cheveux bouclaient sur son front, son nez épais, ses yeux vides. Il ressemblait à l'un de ces bustes en marbre qu'on voit dans les musées. Je pensais comprendre la signification du Sphinx. Mais associé à cette tête ? Cela n'avait aucun sens.

Soudain, des sirènes se sont mises à hurler tout près. J'ai bondi, couru à la porte pour regarder dehors par une fente et reculé de frayeur.

– Les flics ! Il y a des flics dans la rue !

– Oh-oh, j'espère qu'ils ne m'ont pas suivi, a murmuré Boris. J'ai été prudent pourtant – je le suis toujours.

Il m'a imité en jetant un coup d'œil par la fente.

– Un fourgon de police est garé juste en face, a-t-il déclaré. S'ils me voient sortir d'ici, et si on me reconnaît...

– Vite ! Sous la maison ! ai-je ordonné en ramassant les dessins et en les fourrant dans le dossier en plastique.

Boris a sauté le premier, je me suis glissé dans le trou aussitôt après lui. Nous avons rampé en silence vers l'arrière de la maison et sous la véranda.

Au-delà d'une petite pelouse, le jardin s'était transformé en une véritable jungle où les plantes grimpantes avaient presque entièrement avalé les buissons et les arbustes. Nous nous sommes frayé un passage jusqu'à la clôture.

– Faut que j'y aille, a dit Boris. Ma mère va s'inquiéter et je lui ai promis de l'accompagner faire des courses. Tu sais qu'elle ne se débrouille pas très bien en anglais.

– Pas de souci, mais reviens vite. Je ne peux pas m'en sortir sans toi.

La figure ronde de Boris s'est fendue d'un grand sourire qui lui a donné un faux air de citrouille d'Halloween.

– Il était temps que tu t'en rendes compte ! a-t-il plaisanté en me fourrant un billet de vingt dollars dans la main.

Je lui ai envoyé un coup de poing amical qu'il m'a retourné, puis il a enjambé la clôture et disparu.

19:11

Je suis resté caché pendant une heure environ à surveiller le fourgon de police de l'autre côté de la rue. J'ai cru comprendre finalement que les policiers avaient été appelés dans le quartier pour une dispute conjugale. Rien à voir avec moi.

De retour dans le squat, je me suis concentré sur les informations que j'avais réussi à tirer des dessins jusqu'à présent. Soit : une série d'objets qu'on pouvait porter, un black-jack, une hypothétique allusion à l'Énigme Ormond...

Et bien sûr, il y avait Winter qui prétendait détenir des renseignements sur l'ange.

Il fallait absolument qu'elle m'en apprenne davantage. Il fallait absolument que je tente ma chance.

9 février
J –326

L'entrepôt

09:04

La capuche de mon sweat rabattue sur les yeux, je me suis risqué à retourner dans la zone industrielle où était situé l'entrepôt de Sligo. J'avais hésité, pesé le pour et le contre deux nuits de suite.

Je n'avais pas le choix : il fallait que je parle à Winter et c'était le seul endroit où je pouvais espérer la trouver. Le temps pressait.

Je me suis caché derrière des buissons, de l'autre côté de la route, en face de l'accès principal. J'ai vu des gens entrer et sortir, dont le costaud en gilet rouge qui m'avait poussé dans la cuve, mais pas le moindre signe de Winter.

L'entrepôt était beaucoup plus vaste que je ne l'avais imaginé. Le soir où Sligo m'avait fait enlever et conduire ici pour m'interroger, tout était plongé dans le noir. Je n'avais aperçu que le bureau, la buanderie et la partie éclairée de la cour. Ensuite, quand je m'étais sauvé, j'avais fui sans prêter attention aux alentours. En fait, sur un terrain immense s'alignaient des rangées interminables de voitures protégées par des bâches et un nombre incroyable de petits hangars remplis de moteurs et de pièces détachées.

Au bout d'une heure d'attente et de surveillance, j'allais renoncer quand un mouvement indistinct a attiré mon attention. Dans l'angle gauche de la cour, non loin de la route, une silhouette escaladait la clôture. Je me suis raidi, les sens en alerte. Quelqu'un s'introduisait dans l'entrepôt de Sligo ! Sans doute pour récupérer du matériel ! Avec moi, le voleur n'avait rien à craindre : je ne courrais pas le dénoncer au propriétaire des lieux.

Au fur et à mesure que la silhouette approchait, je l'ai mieux distinguée : c'était un gamin en jean, bottes et sweat marron foncé à capuche qui se faufilait entre les rangées de voitures en soulevant les bâches les unes après les autres. Je me suis alors rendu compte que la plupart des véhicules étaient gravement accidentés : pare-chocs défoncés, essieux et roues tordus. J'ai pensé que ce gamin cherchait une pièce appartenant à un modèle particulier.

Cela me faisait une drôle de sensation de me retrouver, pour une fois, à la place du témoin et non de celui qui tente de se déplacer incognito. Le gamin a sauté d'une voiture, pas très loin de moi, et, quand il s'est redressé, j'ai vu qu'il s'agissait en réalité... d'une fille !

Sa mince silhouette s'est à nouveau baissée puis s'est éloignée, progressant dos courbé entre les rangées de voitures, inspectant chaque épave sous sa bâche avant de passer à la suivante.

Lorsque je me suis levé pour partir, elle a dû percevoir mon mouvement car elle s'est retournée subitement. Mais j'ai été plus rapide qu'elle : je me suis vite accroupi derrière les buissons d'où j'ai continué à l'observer discrètement.

Sur le qui-vive, elle a scruté la rue dans les deux sens puis, convaincue qu'elle était seule, elle a poursuivi ses recherches.

Je me suis esquivé en silence, complètement déconcerté.

Pourquoi diable Winter venait-elle fouiner dans l'entrepôt de Sligo ?

12 février
J –323

La planque
38 St Johns Street

12:13

Je ne cessais de penser à Winter depuis que je l'avais découverte dans l'entrepôt d'épaves de voitures. Pour quelle raison était-elle allée fureter là-bas ? Menait-elle un trafic de son côté – volant des pièces détachées à Sligo pour les revendre ailleurs ? J'avais failli l'interpeller puisque je m'étais rendu là-bas pour lui parler, mais je savais qu'elle se serait échappée. Elle n'aurait pas du tout apprécié de se faire surprendre…

J'ai observé mon téléphone, frustré de ne jamais pouvoir la joindre au numéro qu'elle m'avait donné, et je l'ai rangé dans mon sac.

Je n'avais pas vu Boris depuis plusieurs jours et je n'avais pas réussi à le contacter, lui non plus.

14:56

– Boris !

J'avais littéralement plongé à l'autre bout de la pièce pour décrocher mon portable avant que la sonnerie ne s'arrête.

– OK, mec, je suis désolé, je n'ai pas pu t'appeler plus tôt, mais bon, j'ai du nouveau.

– Il est arrivé quelque chose à ma mère ou à Gaby ? ai-je demandé, le cœur battant.

– Non, Gaby est toujours dans le même état, je regrette. Et ta mère va bien, mais...

– Mais quoi ?

– Elle emménage chez Ralf.

Ma gorge s'est serrée. Je savais que cela devait se produire tôt ou tard maintenant que notre maison était mise en location, pourtant j'avais espéré qu'un miracle résoudrait les problèmes d'argent de ma mère avant qu'elle ne soit obligée de prendre une telle décision.

– Je me doutais que ça ne te ferait pas plaisir, a ajouté Boris. Et j'ai aussi une bonne nouvelle. J'ai consulté ton blog et tu as reçu plusieurs messages !

– C'est vrai ?

– Quelques internautes ont laissé des commentaires. S'il y a le quota habituel de cinglés, les autres sont carrément de ton côté. Enfin, au moins deux. De vraies fans, et mignonnes par-dessus le marché : Nat et Jasmine.

J'ai senti un sourire se dessiner sur mes lèvres. « Jolis prénoms », ai-je pensé.

– Qu'est-ce qu'elles disent ?

– Juste qu'elles sont sûres que tu n'es pas coupable et que tu devrais être considéré comme innocent tant qu'il n'existe aucune preuve contre toi.

J'ai hoché la tête, bizarrement rassuré que deux filles inconnues me croient.

– En plus, elles sont persuadées que tu es super sexy et elles aimeraient te protéger contre les véritables criminels...

– Quoi ?

– Sérieux ! C'est ce qu'elles ont écrit. Incroyable comme les soupçons profitent à certains !

Nous avons tous les deux éclaté de rire.

– Il se pourrait que cette histoire améliore aussi ma popularité, a-t-il continué. Ce matin, Madeline Baker s'est assise à côté de moi pendant le cours d'arts plastiques.

– Tu rigoles !

– D'abord, elle a déclaré qu'elle aimait vraiment l'araignée en métal que j'avais bricolée l'année dernière, enfin jusqu'à ce que je la fasse fonctionner et qu'elle parte se balader toute seule à l'extérieur du bahut...

– Oui, et se jette sous les roues d'un bus !

– Puis elle a dit que ça avait dû être dur pour moi de découvrir que mon meilleur ami était…

Boris a hésité.

– Était quoi ?

– … un psychopathe.

J'entendais Boris s'agiter, mal à l'aise.

– Désolé, a-t-il ajouté. Je ne voulais pas t'en parler. Bref, je lui ai répondu qu'il n'y avait pas de souci, que tu n'étais pas fou et que bientôt tout le monde finirait par s'en rendre compte.

Même si ça faisait mal à entendre, je n'étais pas étonné. Je savais bien ce qu'on pensait de moi. Ma propre mère me prenait pour un monstre.

– Madeline a changé de place, finalement ? ai-je demandé.

– Non, pas encore. Figure-toi qu'on va travailler ensemble sur le même projet, en photo. Donc, on restera assis l'un à côté de l'autre pendant tout le trimestre !

– Décidément, tu es un vrai tombeur !

Je lui ai lancé un clin d'œil.

Je souhaitais lire de mes propres yeux les commentaires déposés sur mon blog. Et peut-être ajouter quelques commentaires personnels. J'ai décidé de le consulter depuis un cybercafé dès que possible.

– Je crois que ce blog est une super idée, même s'il a déclenché de sacrés remous, a dit Boris. Le préfet de police est passé aux infos, hier soir, et il a déclaré qu'il ne fermerait pas ta page sur le Net. Il pense s'en servir pour retrouver ta trace. Et intercepter des informations susceptibles de le mener jusqu'à toi.

– Qu'il ne compte pas sur moi pour me trahir. Peut-on me pister électroniquement ?

– C'est très difficile. Je me suis livré à des tas de manipulations sophistiquées afin que ce soit pratiquement irréalisable.

– Tu es génial, Boris. Merci.

J'entendais dans le lointain le brouhaha de centaines d'élèves en train de discuter dans la cour du lycée.

– Je crois que je ne vais pas insister avec Winter, ai-je annoncé. Son téléphone est constamment coupé.

– Ce n'est peut-être pas plus mal, a répliqué Boris. N'oublie pas qu'elle appartient à la bande de Vulkan Sligo. Comment être sûr qu'ils ne te tendent pas un piège tous les deux ? Tu sais, comme le duo du gentil flic et du méchant flic dans les films.

– Qu'est-ce que tu racontes ?

– J'ai réfléchi. Si ça se trouve, toute cette histoire de cuve à mazout n'est qu'une mise en scène. Sligo fait semblant de vouloir te tuer, et elle fait semblant de te sauver in extremis. Du coup, éperdu de gratitude, tu lui confies tes secrets. Et elle s'empresse d'aller les livrer à son tuteur.

– Non, Boris. Franchement, je ne pense pas. Il ne me restait que quelques secondes à vivre quand elle a arrêté le tuyau.

– Tu vois bien ! C'est exactement ce qu'ils veulent te faire croire. Tu as confiance, tu baisses ta garde, tu déballes tout, les dessins, la lettre de ton père, le coffret à bijoux vide… et ils ajoutent ces informations à celles qu'ils possèdent déjà… C'est beaucoup plus efficace que de te noyer dans le mazout.

J'ai réfléchi un moment. Boris n'avait peut-être pas tort. Sauf que je ne lui avais pas encore raconté l'intrusion de Winter dans l'entrepôt de Sligo.

– Mais nous n'avons pas la moindre idée de ce qu'ils savent, ai-je repris.

– Raison de plus pour redoubler de prudence !

Soudain, un bruit a retenti sur le devant de la maison. Je me suis aplati au sol.

– Je dois raccrocher, ai-je murmuré. Il y a quelqu'un dehors.

Le bruit a recommencé. Ça crissait comme une déchirure. On tirait sur les planches de la porte pour entrer !

Sans me préoccuper du boucan que je pouvais faire, j'ai fourré le dossier contenant les dessins dans mon sac à dos avant de le balancer dans le trou du plancher. Le bruit du bois qui volait en éclats a résonné dans la pièce.

J'ai jeté un rapide coup d'œil autour de moi, espérant n'avoir rien oublié de compromettant, puis j'ai plongé dans le trou et replacé le tapis qui en camouflait l'ouverture. Le souffle court, je me suis éloigné en rampant sous la maison, me frayant un passage dans l'épaisse végétation du jardin pour gagner l'endroit par où Boris s'était échappé quelques jours plus tôt.

15:19

J'ai traversé la jungle de feuilles et de branches, bondi par-dessus la clôture, atterri chez le voisin puis détalé à toutes jambes.

On criait et hurlait derrière moi. Tête baissée, j'ai foncé, dévalant les rues les unes après les autres pour m'éloigner le plus vite possible du squat de St Johns Street.

Gare de triage désaffectée

15:52

Une fois arrivé dans les quartiers ouest de la ville, à proximité de la gare, j'ai cessé de courir. Je dégoulinais de sueur de la tête aux pieds quand je me suis glissé par le trou d'un grillage qui délimitait une zone déserte où ne se trouvaient que des hangars désaffectés et des wagons rouillés entre lesquels poussait une herbe épaisse. Je me suis littéralement effondré sur le sol et caché sous un vieux wagon. J'espérais que les intrus qui m'avaient obligé à fuir n'étaient pas des policiers.

16:04

Cette gare de triage ne semblait pas avoir servi depuis des années. J'ai cherché des caméras de surveillance, sans en déceler une seule – il n'y avait pas grand-chose à protéger –, mais je suis tout de même resté dissimulé.

16:43

Ne voyant toujours personne à l'horizon, j'ai fini par ressortir à l'air libre pour examiner l'endroit plus attentivement.

Non loin de ma cachette, un profond fossé d'écoulement, une sorte de canal en ciment, suivait la dénivellation du terrain. J'ai sauté dedans et marché jusqu'à l'embouchure d'une énorme canalisation, sans doute destinée à diriger les eaux pluviales sous terre. Elle était légèrement plus petite qu'un tunnel de chemin de fer et condamnée par des barreaux. Comme ils étaient tordus, je n'ai eu aucun mal à me faufiler entre eux.

À l'intérieur du tunnel, le sol en ciment descendait en pente douce vers les ténèbres. « Ce n'est peut-être pas si mal pour se mettre à l'abri pendant quelque temps », ai-je pensé. J'ai fouillé mon sac à dos à la recherche de ma lampe torche. À la lumière, j'ai vu que les murs étaient couverts de tags.

J'en ai reconnu certains que j'avais déjà remarqués en ville. Deux graffitis dominaient tous les autres :

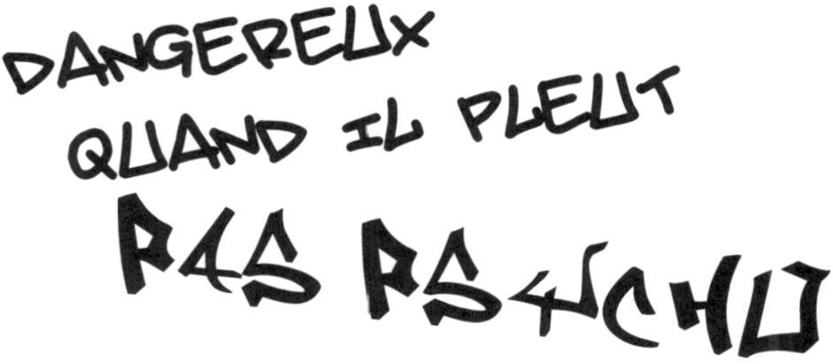

Ce mois-ci, la météo était au beau fixe, donc je n'avais pas à me soucier du premier avertissement.

Mais le second m'a troublé. Je le voyais partout depuis deux semaines et j'espérais bien qu'il n'y avait pas de fou tapi dans le noir avec moi. Enfin, avec moi et les rats…

J'ai continué à avancer.

17:23

Derrière moi, je ne distinguais plus la lumière du jour à l'entrée du tunnel. J'étais plongé dans l'obscurité. En promenant ma lampe torche sur les murs, j'ai constaté que les graffitis et les tags se raréfiaient. Manifestement, peu d'individus avaient envie de s'aventurer aussi loin dans cet égout.

17:36

Je suis arrivé à un embranchement en forme de Y : le tunnel se divisait en deux canalisations plus étroites qui s'enfonçaient dans le noir. Le rayon de ma lampe a révélé, juste au-dessus de ma tête, deux profonds renfoncements creusés dans la paroi, un de chaque côté de l'égout principal. Les ouvriers chargés de l'entretien y rangeaient sans doute leur matériel.

Après avoir examiné ces cavités à la lueur de ma torche, j'ai remarqué que celle de gauche était plus sèche. Je serais invisible là-haut, collé contre le mur du fond. Je pourrais y camper. Si des intrus approchaient, j'entendrais leurs pas de loin et j'aurais largement le temps de disparaître dans l'une des deux petites canalisations avant qu'ils ne parviennent à ma hauteur.

J'ai lancé mon sac à dos et calé ma lampe sur le bord du renfoncement pour m'éclairer.

J'ai réussi à assurer une bonne prise du bout des doigts et à me hisser. Les nombreuses leçons d'escalade de mon père s'avéraient très utiles.

Une fois installé, mon duvet étendu sous moi, j'ai ouvert un paquet de biscuits. Puis j'ai repensé aux internautes qui avaient visité mon blog et qui, pour une raison inconnue, me faisaient confiance.

J'ai aussi pensé à cette fille étrange, Winter, en me demandant une fois de plus à quoi elle jouait. J'espérais que Boris se trompait sur son compte.

21:00

Je me suis réveillé, raide et courbatu.

Il fallait que je m'active. Je ne pouvais pas me contenter de fuir d'une cachette à l'autre. On était presque à la mi-février. J'étais prévenu que je devais survivre pendant 365 jours. Combien en restait-il ? J'avais le cerveau trop embrumé pour effectuer une simple soustraction.

Le problème, c'était que ce cauchemar interminable n'allait pas se résoudre de lui-même. Si Winter ne se décidait pas à m'aider, je ne voyais qu'un seul endroit susceptible de me fournir quelques renseignements nouveaux : la maison d'où je m'étais échappé après mon premier enlèvement.

J'avais besoin d'en savoir davantage sur mes ennemis. Il était temps de renverser les rôles, de cesser d'être celui qu'on chasse pour devenir à mon tour le chasseur.

22:20

Traversant d'un pas rapide la ville plongée dans la pénombre, j'ai cherché des repères qui me seraient familiers, noms de rues, immeubles, maisons, tout ce que j'avais pu voir quand j'avais faussé compagnie à mes ravisseurs. J'étais fermement décidé à retrouver la maison du kidnapping. J'étais sûr que je la reconnaîtrais si je passais devant, bien que je n'aie aperçu qu'une petite partie de l'entrée principale, un bout de carrelage et l'intérieur d'un débarras.

Mais il fallait d'abord dénicher la bonne rue – et ça c'était une autre histoire.

22:52

À deux ou trois reprises, j'ai cru identifier un endroit familier, sans que cela me mène quelque part. Je recherchais un carrefour précis que je me rappelais avoir vu très peu de temps après m'être échappé. À un angle, il y avait une petite église ; à un autre, une laverie automobile 24h/24h ; et en face, la grande cour de récréation d'une école entourée d'un grillage.

Je sentais que je n'étais pas loin…

Je me faisais la réflexion que le trajet du retour jusqu'à l'égout serait long, surtout si je ne trouvais rien, lorsque, à un carrefour, un bâtiment discret a attiré mon attention. J'ai plissé les yeux et me suis approché pour voir s'il s'agissait bien de l'église que je cherchais...

Une laverie automobile à droite, une cour d'école sombre, vide, sur laquelle les réverbères de la rue jetaient une étrange lueur. J'ai accéléré le pas.

C'était mon carrefour !

Debout sur le trottoir, devant l'église, j'ai essayé de visualiser les événements de cette nuit-là – j'étais alors si terrifié qu'il était étonnant que ma mémoire ait enregistré des détails.

Je me souvenais distinctement du trottoir en grès sur lequel j'avais avancé tant bien que mal quand mes ravisseurs m'avaient traîné hors de la voiture et quand le sac sur ma tête avait légèrement glissé. J'ai remonté au pas de course la rue qui longeait l'église, scrutant les allées à l'affût d'un indice.

Après avoir examiné plusieurs maisons, j'ai fini par arriver devant les grilles d'une imposante villa. J'ai reconnu les pavés sur lesquels j'avais trébuché. Brusquement, j'ai sursauté : une voiture débouchait dans la rue. Elle m'a doublé sans s'arrêter.

Sans bruit, j'ai escaladé la grille, remonté l'allée, puis je me suis dissimulé derrière de grosses poubelles de recyclage. Il y avait un 4X4 garé sous un auvent. La maison était plongée dans le noir complet. Avec un peu de chance, il n'y avait personne à l'intérieur.

J'ai poursuivi mon inspection et n'ai découvert que des vélos d'enfants appuyés contre le mur de l'auvent. Je me suis approché à pas de loup de la voiture : elle renfermait une pomme tavelée, un tube de crème solaire, une boîte de lingettes et un siège auto pour enfant.

Je m'étais trompé d'endroit.

13 février
J –322

00:08

Il était plus de minuit. Me fiant à mon instinct, j'avais décidé de continuer mon chemin. À nouveau dans la rue, je suis reparti en quête d'un trottoir en grès, sûr de le trouver.

Effectivement, une centaine de mètres plus loin, je suis tombé sur un autre trottoir, celui d'une allée, et sur une autre grille, ouverte celle-là.

Je l'ai dépassée et me suis accroupi à côté d'une camionnette de plombier garée devant la villa voisine. De là, je pouvais étudier les lieux en toute discrétion.

Des bruits de voix lointaines et de mouvements indistincts m'ont fait dresser l'oreille. J'ai essayé de localiser leur provenance.

Une portière de voiture s'est refermée. J'ai plissé les yeux : c'était la Mercedes bleu foncé de mes ravisseurs !

Quelqu'un jouait avec un trousseau de clés.

Les talons hauts d'une femme ont bruyamment résonné sur les pavés, suivis par des pas sourds, plus lourds.

Deux personnes – une femme, la tête dissimulée sous une écharpe à pois, et un homme à la carrure imposante – se dirigeaient vers le perron.

De mon poste d'observation, je les ai vus entrer. Des lumières se sont ensuite allumées, m'indiquant dans quelle partie de la maison ils se déplaçaient.

La propriété était très bien protégée : toutes les fenêtres du rez-de-chaussée étaient pourvues de gros barreaux de fer et un blindage en acier renforçait la porte.

Désormais j'étais presque certain d'avoir découvert l'endroit que je cherchais. Mais comment allais-je pénétrer à l'intérieur ?

00:19

Tout près de la villa poussait un grand pin qui venait d'être élagué. Ses branches basses avaient été taillées en retrait de l'allée, non loin de l'entrée, et formaient une sorte d'échelle naturelle qui m'invitait à y grimper.

Les branches me griffaient la figure et les mains, les moustiques me dévoraient, mais au moins, j'avais à présent une vue dégagée sur un bureau du premier étage dont la fenêtre était ouverte près de la véranda. Et j'apercevais le carrelage rouge et noir que j'avais remarqué juste avant que la cinglée ne commence à m'interroger !

Peu après, deux personnes sont entrées dans la pièce.

La femme avait enlevé son écharpe. Ses cheveux roux foncé étaient noués au sommet de sa tête en un chignon compliqué. Roux foncé ! Comment avais-je pu deviner leur couleur sans l'avoir vue ?

J'avais gardé presque continuellement les yeux rivés au sol pendant qu'on m'interrogeait, et cependant, pour une raison inconnue, j'avais conservé l'image d'une femme rousse...

Elle s'est penchée pour fouiller dans un tiroir d'où elle a sorti une longue cigarette fine et brune : un cigarillo. La fumée a empli la pièce et flotté en suspension avant de s'échapper par la fenêtre dans ma direction. J'ai retenu ma respiration.

La femme parlait à l'homme qui l'avait escortée depuis la voiture. Il se tenait de l'autre côté du bureau.

Ses muscles saillants tendaient la veste de son costume à la faire craquer. On aurait dit un punching-ball de chair.

La voix inoubliable de la rousse était haute et claire, forte et agressive. Ses mains faisaient de grands gestes, son cigarillo pourfendant l'air comme si elle s'efforçait de convaincre son interlocuteur. Lui aussi semblait volubile et tous les deux portaient un intérêt extrême à des papiers étalés entre eux.

À la façon dont elle menait la conversation, je n'ai plus eu aucun doute. C'était bien la femme qui m'avait interrogé le soir où j'avais été enlevé à Memorial Park. Je me suis souvenu de la réaction de Sligo quand je la lui avais décrite, comment il avait craché par terre puis écrasé son crachat avec le talon. Il savait parfaitement de qui il s'agissait.

J'ai sorti mon téléphone en espérant que le zoom de la fonction photo serait suffisant. Heureusement, la pièce était plutôt bien éclairée et je n'avais pas besoin d'utiliser le flash. J'ai pris la meilleure photo possible de la femme – pas géniale, mais on distinguait la forme de son visage et l'essentiel de ses traits. Vu son physique particulier, peut-être que quelqu'un, quelque part, la reconnaîtrait.

La femme a éteint son cigarillo et soulevé le couvercle d'un bocal en verre posé sur le bureau. Il était rempli de petites billes argentées. Lorsqu'elle en a lancé quelques-unes dans sa bouche, j'ai reconnu les perles en sucre que Gaby adorait utiliser pour décorer ses gâteaux. Elle a ensuite ouvert un ordinateur portable. La lumière bleuâtre de l'écran s'est réfléchie sur son visage. Une fois de plus, je me suis demandé si c'était elle qui, au téléphone, avait prétendu détenir des informations sur mon père... et m'avait tendu un piège. Était-elle Jennifer Smith ?

Soudain, elle a appelé le gros costaud en levant les bras d'un geste théâtral. Il s'est précipité et penché par-dessus son épaule pour découvrir ce qu'il y avait de si fascinant sur l'écran. Ils sont restés un moment immobiles à se fixer l'un l'autre et avant que j'aie eu le temps de dire ouf, la rousse a pivoté vers la fenêtre pour regarder droit dans ma direction !

00:35

Sans perdre une seconde, je me suis laissé tomber sur le sol. Mon mouvement a dû déclencher un projecteur automatique car le jardin s'est brusquement illuminé, comme un terrain de foot un soir de match. J'ai traversé l'allée et disparu dans l'ombre sans me retourner, toute mon énergie concentrée sur un seul objectif : déguerpir le plus vite possible !

Après avoir dévalé la rue jusqu'au carrefour, j'ai refait en sens inverse le chemin que j'avais emprunté en début de soirée.

Quand j'ai estimé être à distance respectable et en sécurité, je me suis arrêté pour vérifier si j'étais poursuivi.

Personne.

J'ai écouté, guettant un bruit de voiture, de voix, de pas…

Rien.

Nul ne s'était lancé à mes trousses. J'avais couru comme un fou alors que je n'étais pas pourchassé. M'avaient-ils seulement vu ? J'étais pourtant sûr que la femme avait les yeux braqués sur moi ! Y avait-il des caméras de surveillance autour de la villa ? Étais-je complètement paranoïaque ? Quoi qu'il en soit, j'avais réussi à retrouver la maison de mon enlèvement, à prendre une photo de la mystérieuse femme et à me sauver sans difficulté.

14 février
J –321

Collecteur d'eaux pluviales

10:10

J'ai passé une journée entière à rôder dans les égouts. Il fallait que je m'active pour ne pas déprimer.

Je savais avec certitude que Boris ne pourrait pas se libérer avant un jour ou deux. J'ai donc tenté de m'occuper du mieux possible : j'ai arpenté les tunnels, fait l'inventaire de mes affaires, dormi, contemplé le plafond… et même parlé tout seul !

Il était temps que je ressorte à l'air libre. Je n'en pouvais plus.

Gare Centrale

11:29

J'étais redevenu un adolescent anonyme déambulant parmi d'autres dans les rues du quartier de la Gare Centrale. Je voulais me persuader qu'il n'y avait rien d'extraordinaire à cela.

Je m'efforçais de prendre un air calme et détendu, de ne pas me faire remarquer, mais j'avais l'impression d'avoir des centaines d'yeux braqués sur moi.

Je me suis arrêté près d'un terrain de sport où une bande de basketteurs marquaient des paniers. J'ai toujours aimé le basket – et la plupart des sports, à vrai dire – et j'aurais adoré les rejoindre pour jouer avec eux.

Soudain, j'ai ressenti un picotement sur ma nuque. Quelqu'un m'observait. J'en étais sûr. Je me suis retourné ; il n'y avait personne. J'ai reporté mon attention sur les joueurs et alors j'ai reçu le choc de ma vie !

De l'autre côté du terrain, un garçon me dévisageait à travers le grillage. Mais ce n'était pas son regard qui me glaçait le sang…

Je l'ai fixé à mon tour, médusé !

Avais-je des visions ?

Il semblait aussi choqué que moi.

Mon cerveau tentait de comprendre. Étais-je en train de contempler une sorte de reflet ? Je me suis frotté les yeux avec les poings, comme dans les dessins animés. Je les ai rouverts, il n'avait pas bougé.

C'était mon portrait craché – ou du moins le portrait de l'adolescent que j'avais été. Même forme de visage, même silhouette, mêmes yeux, même nez, mêmes mâchoires, mêmes sourcils. C'était moi !

Moi, avant que je n'effectue les quelques transformations mineures destinées à me rendre méconnaissable.

J'ai écarquillé les yeux une fois de plus. Il avait vraiment la même tête que moi et me fixait toujours.

J'étais abasourdi.

Finalement, j'ai repris mes esprits et contourné le terrain de basket à toute vitesse en criant :

– Eh, toi !

À peine avais-je démarré qu'il s'était mis lui aussi à courir, mais dans la direction opposée ! Il s'est enfui à toutes jambes, les bras fendant l'air comme si son existence en dépendait. J'avais l'impression de vivre une expérience extracorporelle dans laquelle j'aurais assisté à ma propre fuite éperdue un mois plus tôt.

– Eh ! Attends !

Il a continué sa course sans même se retourner. Je me suis lancé à sa poursuite. Il a essayé de me semer en zigzaguant à travers la foule et en bifurquant dans des ruelles étroites.

Il utilisait tous les stratagèmes que je connaissais par cœur.

J'ai réussi à ne pas le perdre de vue pendant un bon moment, presque jusqu'au port ; mais là, il m'a échappé.

Je n'arrivais plus à le suivre : mon corps implorait grâce et mon double était rapide – aussi rapide que je l'avais été.

Je me suis arrêté, plié en deux afin de reprendre mon souffle. J'ai tenté de toutes mes forces de trouver un sens à ce que je venais de voir.

15 février
J –320

Cybercafé

11:11

J'ai choisi un siège au fond de la salle, devant un ordinateur dont l'écran faisait face au mur, loin de tout regard indiscret, même si l'endroit était pratiquement désert.

Je me suis connecté directement à mon blog. Quand ma photo de profil est apparue, j'ai repensé à mon sosie. J'avais l'impression de devenir fou à force de me creuser la cervelle pour comprendre comment un individu ayant la même tête que moi pouvait se promener en ville. Sans doute se posait-il la question lui aussi.

Impossible de perdre davantage de temps à percer ce mystère : j'avais plus urgent à faire.

J'avais reçu beaucoup de messages. Certains horribles de la part d'inconnus qui me traitaient de tous les noms. D'autres de gens prêts à rejoindre ma « bande ».

Comme si j'étais un vulgaire malfrat.

B L O G	**Déconnexion**
Cal Ormond	14/02
Écrire à Cal **Laisser un commentaire**	J@s & N@t : Tu déchires ! On croit en toi :-) Oh, et * * Joyeuse Saint-Valentin !! * * Bisous de Jasmine & Natasha

La Saint-Valentin ? Hier ? Je n'avais pas remarqué. Au moins, cela signifiait que j'avais survécu à la première moitié du mois.

– Tu fais des recherches sur l'ado-psycho ?

Surpris, je me suis retourné vers la voix qui venait d'interrompre le fil de mes pensées. C'était le patron du cybercafé, un grand type dégingandé d'une quarantaine d'années. Il devait s'ennuyer : la journée était trop calme, le client rare. Difficile de lui en vouloir, mais je ne me sentais pas d'humeur à échanger des banalités. J'ai vite cliqué sur « Quitter ».

– Eh, j'étais en train de lire, a-t-il protesté.

– Désolé, il faut que j'y aille, ai-je grommelé.

– Tout de même, il a du culot de s'afficher sur le Net, a poursuivi le type. J'ai lu quelque part que les psychopathes sont prêts à tout pour attirer l'attention sur eux. Ce gamin-là doit être un vrai rebelle. Tu imagines ton propre frère essayer de te tuer ?

Il a secoué la tête et balayé d'un coup de pouce une mouche morte tombée sur le clavier.

– Pas étonnant que sa mère ait perdu les pédales, a-t-il ajouté.

Il a baissé les yeux vers moi et froncé les sourcils.

– Tu passes ici de temps en temps, non ?

– Oui, ai-je menti. Je viens surfer sur le Net en attendant que mon père fasse réparer mon ordinateur portable.

Je me suis retourné vers l'écran, puis penché pour ramasser mon sac. Je n'avais jamais mis les pieds dans ce cybercafé. Il fallait absolument que je fiche le camp avant qu'il ne comprenne pourquoi mon visage lui paraissait familier.

– Ah, pour vous les jeunes d'aujourd'hui, tout est trop facile. Gadgets, téléphones portables, Internet, toutes les informations imaginables téléchargées en quelques secondes, une bagnole dès que vous avez le permis en poche. Pas besoin de travailler pour obtenir ce que vous voulez. À mon époque, on n'avait pas tout ça. Vous ne vous rendez pas compte à quel point la vie est dure en réalité.

« Essaie de survivre dans un égout, pour voir », ai-je eu envie de lui rétorquer. Toutefois j'ai simplement dit :

– Vous avez sans doute raison.

Sur ce, je me suis levé et je suis parti.

16 février
J –319

Burger Bar

12:05

Boris et moi avions rendez-vous dans un fast-food très fréquenté et bruyant. Nous avions décidé que ce serait plus sûr que dans le collecteur. Si jamais quelqu'un nous surprenait en train d'y rôder, cela risquait d'entraîner des questions embarrassantes et, pour finir, de nous attirer des ennuis.

En plus, même si Boris était venu dans le squat de St Johns Street, je n'avais aucune envie qu'il découvre l'état déplorable de mon nouveau refuge. Et la façon dont je survivais.

En apercevant le patron du cybercafé qui m'avait parlé la veille, j'ai vite détourné la tête. Heureusement, il est passé sans me remarquer.

Boris est arrivé avec nos commandes. Il a tiré une chaise en face de moi et posé brutalement son plateau sur la table.

– Alors, quelles sont les dernières nouvelles ? a-t-il demandé en disposant entre nous deux hamburgers, des frites et des sodas.

– J'ai croisé un gars qui me ressemble trait pour trait, ai-je annoncé tout à trac.

J'ai attendu que Boris s'asseye pour me pencher vers lui.

– Et quand je te dis trait pour trait, je ne plaisante pas : ma copie conforme. Il me fixait à travers le grillage d'un terrain de basket près de la Gare Centrale. Dès que j'ai essayé de lui adresser la parole, il a détalé.

– Tu m'étonnes, mec ! Si je ne te connaissais pas, moi aussi je décamperais. Tu as une tête de déterré.

J'ai levé les yeux et regardé, par-dessus l'épaule de mon ami, mon reflet dans la vitre dépolie. J'étais bien forcé d'admettre qu'il avait de quoi faire fuir n'importe qui.

– Je te jure, Boris, c'est mon portrait craché. Cra-ché, ai-je articulé lentement pour mettre les points sur les i. Et lui me dévisageait comme s'il me connaissait, ou comme s'il se posait la même question que moi : pourquoi ce type a l'air d'être mon double ?

– Tu veux dire qu'il avait un faux tatouage dans le cou, d'abominables piercings et un nid à rats sur la tête ?

– Non.
– Donc, il ne te ressemblait pas trait pour trait.
– Il ressemblait trait pour trait à ce que j'étais avant, ai-je répliqué avec impatience. C'est dingue. J'ai flippé. Et lui aussi, vu sa réaction.
Boris a avalé une énorme bouchée de son hamburger.
– Tu sais, il paraît que tout le monde a un sosie et que ce n'est pas bon signe de tomber sur le sien…
– Comment ça ?
– Disons que c'est un mauvais présage. À moins qu'il s'agisse d'un mystère de plus à résoudre dans cette ville. Je travaille déjà sur l'un d'eux – le DMO…
– Le quoi ?
– Le DMO, a-t-il répété en prononçant Démo.
Il a souri d'un air moqueur avant d'ajouter :
– Le Dangereux Mystère Ormond. Au fait, j'ai trouvé de nouveaux renseignements sur l'énigme du Sphinx, mais un sphinx différent de celui que ton père a dessiné.
Moi, je ne connaissais que celui-là : le grand Sphinx de Gizeh, en Égypte.
– Cet autre sphinx n'a rien à voir, a poursuivi Boris. C'était une créature démente, mi-femme, mi-lion. Une vraie terreur qui arrêtait les passants pour leur poser une énigme. S'ils ignoraient la réponse, elle les étranglait et après les dévorait.

– OK pour le sphinx, mais le Romain ? Quel est son rôle ?

Boris a haussé les épaules.

– Je poursuis ma petite enquête. En histoire, j'ai demandé à Mr Addicot s'il y avait un rapport entre les Romains et le Sphinx. Apparemment, Jules César était en Égypte vers 48 avant J.-C. pour mener des opérations militaires.

– Tu parles du Sphinx égyptien ? Pas de la femme-lion ?

– Exact. Il ne faut pas perdre de vue que ces dessins ne désignent pas forcément ce qu'ils représentent. Nous devons apprendre à penser comme ton père. En diagonale.

Boris a accompagné ses paroles d'un geste de la main.

– Voici ce que, à mon avis, il essayait d'exprimer : cet énorme secret qu'il était sur le point de révéler a un rapport avec l'histoire, avec une énigme impliquant la vie et la mort, et un personnage puissant, un roi ou un chef, quelqu'un comme Jules César.

Il s'est appuyé au dossier de sa chaise.

– Et puis, tout ça a un lien avec un bijou – un objet qu'on porte sur soi – qui a peut-être été volé, ou peut-être pas, dans la valise de ton père, et aussi avec un black-jack... ou le chiffre 21... C'est un peu vaseux, je le reconnais, mais je n'ai pas mieux pour l'instant.

Je lui ai lancé une frite sur le bras.

– Un personnage puissant. Voilà qui restreint sérieusement les possibilités. Il ne doit y avoir que deux ou trois millions de rois et de dirigeants dans toute l'histoire !

Boris a récupéré la frite et l'a mangée.

– À moins que ton père ait voulu insister sur le fait que découvrir la vérité sur la Singularité Ormond était primordial.

– Jusque-là, je suis d'accord, ai-je approuvé en repensant au fou qui m'avait hurlé ses avertissements par cette après-midi de décembre, le jour où tout avait commencé.

J'ai soupiré. Une certitude s'imposait : mon père avait bien camouflé les indices. Il n'était pas pour rien dans le « M » du DMO.

– Tout ce que nous pouvons tenter, à ce stade, a suggéré Boris, c'est de téléphoner à cet Erik avec qui ton père travaillait pour voir s'il a eu vent de quelque chose pendant leur séjour en Irlande. Sans rien lui dévoiler, bien sûr.

J'ai avalé une autre bouchée de mon hamburger qui diminuait à vue d'œil.

– D'ac. Je l'appelle dès que possible. Et l'Énigme Ormond ? Tu n'as rien appris de plus ?

– Non.

Toutes ces pistes étaient encore trop floues pour que j'y attache de l'importance. Et puis j'étais obsédé par mon double, je ne pouvais pas m'empêcher de penser à lui. Que son apparition soit un présage funeste ne m'étonnait pas.

– Et qu'est-ce qui s'est passé d'autre ? ai-je lancé. Du nouveau au lycée ? Madeline t'a souhaité la Saint-Valentin ?

Boris a éclaté de rire.

– Non. L'année prochaine… qui sait ! En tout cas, tous les copains se demandent où tu es, ce qui t'est arrivé. Ils n'arrêtent pas de me poser des questions.

J'étais très surpris d'apprendre que tout le monde parlait de moi.

– Mr Addicot a essayé de me tirer les vers du nez, histoire de voir si j'étais au courant de l'endroit où tu te cachais. J'ai joué les imbéciles.

Un sourire aux lèvres, Boris a ajouté :

– Et crois-moi, mon pote, ça m'est difficile de jouer les imbéciles. Très difficile. Surtout en ce moment : je suis en train de me démener pour obtenir une bourse en robotique à l'université de Pennsylvanie.

– L'université de Pennsylvanie, aux États-Unis ?

– Oui. Son laboratoire de recherche vient de recevoir une subvention de plusieurs millions de dollars pour mettre au point des robots-cafards.

Je lui ai balancé un coup de pied sous la table.

– Les cafards qui grouillaient dans mon squat n'étaient pas assez performants pour toi, peut-être ?

– Aïe ! a-t-il protesté en me rendant mon coup de pied.

Son hamburger terminé, il lorgnait déjà sur le mien.

– Bas les pattes !

J'ai sorti mon portable et sélectionné la photo de la rousse, prise depuis mon abri perché.

– Voilà la femme qui m'a fait enlever dans Memorial Park le mois dernier. J'ai retrouvé la maison dans laquelle on m'avait enfermé. Il faut absolument se débrouiller pour l'identifier.

Boris m'a arraché le téléphone des mains, l'air sidéré.

– Comment tu as réussi à la prendre ?

– Par une fenêtre ouverte. J'étais monté dans un arbre. J'ai zoomé au maximum mais cet appareil n'est pas terrible. Tu la connais ?

– Cette femme est passée aux infos hier soir. J'en suis sûr.

– Et qui est-ce ? ai-je demandé, espérant découvrir par quel prodige j'avais pu la reconnaître sans avoir jamais vu son visage.

– Tu grimpes dans un arbre, tu photographies une femme à travers une fenêtre et au même moment, je la découvre à la télé ? Ça alors, c'est dingue !

Boris commençait à m'énerver sérieusement à force de tourner autour du pot ! J'allais le lui reprocher quand il a repris :

– Cette femme est Oriana de Witt en personne. Aux infos, le journaliste l'a désignée comme la plus célèbre avocate de toute la ville, « la criminaliste à la chevelure de feu »...

Une avocate spécialisée dans le crime ?

– Tu es vraiment sûr qu'il s'agit de la même femme ?

Boris a levé les yeux au ciel.

– Je suis sûr à quatre-vingt-dix-neuf pour cent de chances que c'est elle. Pendant que je regardais la télé hier soir, le journaliste a déclaré qu'Oriana de Witt a la réputation de défendre des clients difficiles et dangereux.

Sa voix m'était familière parce que je l'avais sans doute entendue aux infos !

– C'est elle qui est difficile et dangereuse ! me suis-je exclamé avec un petit rire, en repensant à la manière dont elle m'avait malmené et insulté la nuit de mon enlèvement.

– Elle participait hier soir à une émission d'actualités, a continué Boris, mais ce n'était pas la première fois que j'en entendais parler. Tu sais Cal, elle est très connue.

Le journal télévisé ne me passionnait pas beaucoup, du moins jusqu'à ce que je devienne un fugitif. Me retrouver au cœur de l'actualité, faire les gros titres des journaux m'obligeait à m'y intéresser de plus près.

– Et pourquoi une célèbre avocate criminaliste serait-elle la complice d'un kidnapping ?

– Si tu voulais commettre un crime majeur, ce serait un formidable avantage d'être une spécialiste, non ? Un avocat criminaliste connaît tous les pièges. Cette Oriana saurait mieux que quiconque la meilleure façon de les déjouer. Soit elle a vu ta photo dans les médias et rêve d'adopter un délicieux garçon dans ton genre...

J'ai froncé les sourcils.

– ... soit elle-même, ou l'un de ses clients, a décidé de se lancer sur la piste du mystère Ormond. Le DMO !

Oriana de Witt m'avait clairement laissé entendre que la fortune à laquelle mon père faisait allusion dans sa lettre ne lui était pas inconnue. Un bon nombre de gens d'ailleurs semblaient au courant. En avait-il trop dit au cours de son intervention au colloque ? Le Dangereux Mystère des Ormond... Pouvais-je espérer rivaliser avec une avocate aussi brillante et sans scrupules, une avocate qui n'aurait pas hésité à jeter quelqu'un du haut d'une falaise ? Et rester en vie alors qu'un criminel comme Sligo, avec tout son argent et ses relations louches, voulait ma mort ? Je n'étais qu'un garçon ordinaire ! Enfin, plus tellement ordinaire désormais ! Mais comment pouvais-je, moi, résister à ces gens ?

– Tu sais, a dit Boris, tu es le premier à ma connaissance à avoir autant de monde à ses trousses : les flics, l'infâme roi de la pègre, une célèbre avocate criminaliste et criminelle, sans compter, je suis désolé de te le rappeler, ta propre famille qui te considère comme un monstre. C'est la totale !

J'ai regardé l'heure sur mon téléphone et en relevant la tête, j'ai vu Boris se figer, les yeux écarquillés.

– Ne bouge pas, a-t-il sifflé entre ses dents. Ne te retourne surtout pas.

Sans remuer les lèvres, il a ajouté dans un murmure :

– Ton oncle et un type viennent de s'asseoir à la table juste derrière toi. Pas un geste.

Ralf ? Affolé, j'ai cherché une idée pour me sortir de là. Si jamais il me voyait, j'étais fichu. Mon instinct me dictait de m'enfuir au plus vite mais je me suis contenté de courber les épaules en tâchant de me faire tout petit.

Boris s'est tassé sur sa chaise, lui aussi, la tête dans une main, comme s'il réfléchissait intensément. Si Ralf l'apercevait, il ne lui faudrait pas deux secondes pour me repérer également. Je me suis enfoncé dans mon siège.

Derrière moi, les deux hommes paraissaient absorbés par leur conversation.

– J'ai beaucoup réfléchi, affirmait mon oncle dans mon dos d'une voix à peine audible. Cela lui donnera un sentiment de sécurité qu'elle ne pourra pas avoir tant que la maison sera à mon nom.

– Avez-vous pensé aux implications d'une telle décision ? a demandé l'autre. Comment allez-vous protéger vos propres intérêts ?

– Je ne pense qu'aux intérêts d'Erin.

Ralf parlait de ma mère !

– Être propriétaire la soulagera. Elle a une fille en soins intensifs et son fils… bon, ce gamin n'a pas eu la vie facile. Pour autant, moins on en discute, mieux ça vaut. Erin est dans tous ses états. Je ferais n'importe quoi pour l'aider.

– Mais de là à lui céder votre maison, a protesté l'autre. C'est pousser trop loin votre générosité. Vous oubliez vos propres intérêts… votre propre sécurité.

– Écoutez, je ne m'attends pas à ce que vous me compreniez. Seulement il s'agit de la femme de mon frère jumeau, de la femme et de la famille de Tom. Ils sont tout ce que j'ai, ce qui m'importe le plus au monde. Il est de mon devoir de les assister dans ces moments pénibles.

– Je vois que votre décision est prise, Ralf. Très bien. Venez demain à mon bureau, les papiers seront prêts.

– Je sais que Tom aurait agi de la même façon pour moi. Je veux dire, s'il s'était retrouvé dans une telle situation.

Ralf a marqué une pause avant d'ajouter :

– Ce café est infect.

Un instant plus tard, leurs chaises ont raclé le sol tandis qu'ils se levaient pour partir.

J'ai laissé échapper un énorme soupir. J'avais retenu ma respiration pendant toute la conversation. Mon cerveau fonctionnait en accéléré. Ralf allait bien donner sa maison à ma mère ? J'ai ressenti un élan de gratitude mêlé de culpabilité.

– On l'a échappé belle ! Tu as entendu ça ? ai-je demandé à Boris dès que j'ai recouvré l'usage de la parole.

Il a hoché la tête.

– Je te l'avais dit. Tu as été injuste avec lui, mec. Il a un cœur finalement. Même s'il a une façon très déroutante de le montrer.

– Tu avais raison, ai-je reconnu, encore sous le choc.

En face de moi, Boris se grattait la tête, l'air gêné. Il m'a dévisagé, attendant que je poursuive.

– À mon avis, a-t-il fini par lancer, il essayait de faire face à la situation et de régler le problème tout seul.

« Exactement comme moi », ai-je pensé.

Collecteur d'eaux pluviales

16:46

Personne ne rôdait dans les parages quand je me suis faufilé à travers la clôture de la gare de triage pour retourner dans l'égout. Les criquets ont interrompu leurs stridulations en m'entendant approcher dans l'herbe.

Depuis la conversation surprise au Burger Bar, j'avais le cerveau en ébullition et l'estomac noué par la culpabilité.

Je me suis enfoncé à l'intérieur de la canalisation. J'y dormirais encore quelques nuits, puis j'irais jeter un coup d'œil au squat de St Johns Street.

18 février
J –317

10:32

À l'abri dans mon alcôve, je me suis assis pour étudier à la lueur de ma lampe torche les dessins étalés autour de moi. Je m'efforçais de comprendre ce que pouvait signifier ce sphinx mi-femme mi-lion. Mon père avait-il voulu me mettre en garde contre la femme dangereuse dont il parlait dans sa lettre ? Cette redoutable avocate, Oriana de Witt ?

Les bruits de la ville se répercutaient sur les murs du collecteur et, dans ma tête, je revoyais le moment où j'avais surpris mon sosie en train de me dévisager. Avait-il perçu en moi quelque chose qui l'effrayait ? Peut-être craignait-il que la rencontre de son double annonce une catastrophe ?

19 février
J –316

La crique Kendall

08:07

Je me suis risqué à aller nager non loin du cap Dauphin dans une crique rocheuse, un endroit peu fréquenté par les baigneurs à cause des forts courants qui provoquaient souvent des tourbillons. Quand j'ai plongé, l'océan était assez calme. Quel bonheur de se sentir libre et porté par l'eau fraîche ! Toutefois, je sentais la mer grossir de minute en minute.

08:50

Il faisait une chaleur insoutenable ce jour-là. Allongé sur le dos, j'observais le ciel.

Soudain, j'ai vu se former, au sud-ouest, d'énormes cumulonimbus – de gigantesques enclumes grises au sommet aplati. Il était temps pour moi de partir.

J'ai escaladé les rochers et attrapé mon sac à dos que j'avais caché dans une petite grotte au-dessus du niveau de l'eau.

Je me suis dépêché de retourner vers le collecteur : il fallait absolument que je récupère mes affaires avant que l'orage n'éclate.

Les premières gouttes commençaient à s'écraser sur le bitume brûlant quand je suis arrivé à l'entrée de la canalisation. La chaussée grésillait et des volutes de vapeur s'en élevaient, tels des fantômes. On allait avoir droit à un de ces déluges carabinés qui noient la ville sous des trombes d'eau en quelques minutes.

Collecteur d'eaux pluviales

10:53

Je me suis hissé dans l'alcôve d'où j'ai retiré la pochette en plastique contenant les dessins de mon père. Puis j'ai rangé mon duvet dans mon sac à dos tout en m'interrogeant sur le lieu le plus sûr pour dissimuler le dossier. Je me demandais si je n'allais pas le fixer sur le dessus de mon sac avec un tendeur quand des voix ont résonné à l'intérieur de l'égout.

Aussitôt, j'ai saisi ma lampe torche et sauté de l'alcôve, mon sac à dos et le dossier dans une main, ma lampe dans l'autre.

Les voix, criardes, s'étaient rapprochées. Elles possédaient un timbre brutal et méchant qui ne présageait rien de bon. L'une des personnes, en particulier, avait un rire atroce.

J'ai hésité un moment, ne sachant si je devais tenter de sortir par le tunnel principal en courant droit sur eux, ou choisir de les éviter coûte que coûte et m'enfoncer dans l'une des canalisations secondaires.

Trop tard. Trois jeunes sont apparus, émergeant de l'égout principal. Ils ont eu l'air surpris de me voir. Puis leur surprise s'est muée en agressivité.

– Qu'est-ce que tu fous là ? a lancé le meneur, un grand type aux cheveux noirs plaqués en arrière, avec une cicatrice en travers du sourcil gauche et un rictus méprisant figé sur ses lèvres minces.

– Ouais, l'égout, c'est notre territoire. Comment oses-tu venir ici ? Pour qui tu te prends ? ont glapi les deux autres en écho à leur chef balafré.

« En général, les égouts sont le territoire des rats », ai-je pensé, mais j'ai jugé préférable de me taire.

Les deux acolytes étaient plus petits que le meneur. Le plus courtaud des deux, un adolescent corpulent, était habillé en treillis militaire. L'autre, le crâne rasé, portait un jean noir moulant et un débardeur à rayures, style pirate urbain. Face à moi, ils montraient les dents tels des chiens de garde tandis que je réfléchissais à toute vitesse au moyen de leur échapper.

Ce genre de scénario m'était familier. J'y avais été confronté plus d'une fois. Une bande de voyous qui cherchaient la bagarre. Une bagarre qu'ils ne pouvaient pas perdre – pas à trois contre un.

– Qu'est-ce t'as là ? a demandé le chef en tendant brusquement la main vers mon sac à dos.

J'ai bondi en arrière, hors de sa portée.

– Et ce dossier ? Fais voir !

Je connaissais ce petit jeu. Si je ne leur donnais pas ce qu'ils voulaient, ils me sauteraient dessus et s'en empareraient de toute façon. Si je le leur donnais, ils me sauteraient quand même dessus. « Difficile de discuter avec des brutes », m'avait prévenu mon père.

– File-moi ça ! a aboyé Scarface, le balafré.

– Pas question, ai-je répliqué en reculant pour mettre de la distance entre eux et moi et me ménager ainsi une plus grande liberté de mouvement.

– Tu ferais mieux d'obéir, a menacé le type au crâne rasé en avançant d'un pas.

– Viens donc te servir !

Je gagnais du temps, tout en réfléchissant désespérément à une stratégie. Il fallait que je m'occupe d'abord du meneur. Si je parvenais à le neutraliser, je n'aurais aucun mal à me débarrasser des deux autres. J'entendais mon père me conseiller : « Observe leurs mains et tu y devineras les coups qu'ils préparent avant qu'ils ne t'atteignent. »

– Allez, viens le prendre toi-même puisque tu y tiens tellement ! ai-je nargué Scarface en lui adressant un regard provoquant sans perdre de vue ses mains.

Je ne me sentais pas du tout aussi sûr de moi que mes paroles le laissaient croire, cependant il n'était pas question que j'abandonne mon sac à dos à ces minables.

Mon attitude a paru surprendre le trio. J'ai vu le cou et le visage de Scarface rougir, ses poings se crisper. Un flot d'adrénaline m'a submergé et je me suis lancé à l'attaque.

Scarface a voulu me porter un coup. Avant qu'il comprenne ce qui lui arrivait, j'avais foncé la tête la première dans son estomac comme un bélier enragé. Il a grogné, a été projeté en arrière et s'est affalé par terre.

Évitant ses bras et ses jambes qui battaient l'air, j'ai profité de mon élan.

Quand il a essayé de se remettre debout et de retrouver son souffle, j'étais déjà loin, détalant à toute allure vers l'embranchement des canalisations.

Je me suis jeté dans celle de gauche.

Les injures de Scarface et les vociférations menaçantes de ses acolytes se sont répercutées en écho dans les tunnels.

Cette canalisation était plus étroite et plus pentue que l'égout principal. Le martèlement de mes pieds sur le sol résonnait contre les parois ; les pas enragés de mes poursuivants résonnaient plus fort encore.

– Dogs ! Freddy ! Rattrapez-moi cette petite ordure ! a hurlé Scarface aux deux autres.

J'ignorais totalement où j'allais. Ils gagnaient du terrain lorsque soudain, j'ai perçu un autre bruit, un son que je ne parvenais pas à identifier. Ce n'était pas le grondement lointain des trains, c'était autre chose.

J'ai continué à courir, dépassant, sur ma gauche et sur ma droite, les ouvertures obscures de tunnels secondaires trop étroits pour que je puisse m'y introduire. De l'eau dégoulinait de part et d'autre de la canalisation dans laquelle je courais. Je savais qu'une ville aussi grande que Richmond possédait des kilomètres d'égouts en sous-sol, mais je n'avais jamais pris conscience de la véritable étendue de ce monde souterrain.

Je n'ai pas tardé à patauger dans l'eau qui m'arrivait aux chevilles. Derrière moi, j'entendais toujours mes poursuivants : ils ne me lâchaient pas.

Le grondement devenait de plus en plus fort. Brusquement, j'ai compris. C'était le bruit cumulé de douzaines de canalisations vibrant sous l'afflux des eaux qui se déversaient des caniveaux de toute la ville ! Les petits conduits se vidaient de leur contenu dans les plus grands, et les plus grands répandaient à leur tour des torrents de liquide dans l'énorme collecteur.

L'eau mordait à présent mes mollets et j'avais de plus en plus de difficultés à courir. Mes poursuivants aussi.

J'ai commencé à m'inquiéter. « Laissez tomber, espèces de crétins ! », ai-je pensé. Il fallait qu'on sorte tous des égouts : à partir du moment où l'eau recouvre le genou, la progression est beaucoup plus lente.

La pente s'accentuait nettement, descendant vers l'inconnu. Même un nageur expérimenté aurait du mal à lutter contre ce flux de milliers de tonnes d'eau dévalant les rues, les chemins, les autoroutes.

Je réussissais difficilement à garder l'équilibre tandis que l'égout résonnait du grondement du flot qui s'y engouffrait. Je ne savais même plus s'ils me poursuivaient encore. Tout ce que j'entendais, c'était le rugissement de l'eau dont le niveau ne cessait de monter.

Ma situation empirait à vue d'œil. J'étais désormais ballotté par le courant puissant et rapide.

Quand il a fini par m'emporter, je me suis efforcé de lever le dossier des dessins de mon père et la lampe torche le plus haut possible au-dessus de ma tête pour les conserver au sec. Mais une énorme vague m'a submergé. J'ai perdu l'équilibre et lâché à la fois le dossier et la lampe torche.

Dès que cette dernière a touché l'eau, la lumière s'est éteinte, me plongeant dans l'obscurité totale. J'ai crié, je me suis débattu. En vain. J'étais inexorablement enlevé par le courant, comme un surfeur porté par la vague. J'ai tendu les bras, écarté les doigts, tâtonnant autour de moi dans l'espoir de rattraper le dossier en plastique. Je ne pensais qu'aux dessins perdus.

Le courant m'entraînait avec une rapidité incroyable; jamais je n'aurais pu avancer aussi vite en nageant. Il me poussait violemment, me projetant contre les parois. Je n'avais aucune idée de ce qu'étaient devenus les dessins. Lancé à une allure folle dans les ténèbres, je hurlais, j'appelais à l'aide, mais il n'y avait personne pour m'entendre.

Soudain, il m'a semblé apercevoir une lueur bleuâtre au loin.

Elle a gagné en intensité. Devant moi, au bout du tunnel, une grille surplombait l'océan. Les dessins de mon père avaient dû gagner le large et sombrer au fond de la mer. Je risquais de les rejoindre bientôt.

Le flot me poussait de plus en plus vite vers la grille et l'océan. À ma stupéfaction, j'ai découvert que cette grille était doublée d'un filet destiné à retenir les plastiques ou autres détritus. Et, plaqué au beau milieu, il y avait mon dossier !

Je l'ai saisi au moment où je m'écrasais contre le filet. Il s'est rompu sous mon poids et abîmé dans les vagues. Serrant le dossier sur mon cœur, je me suis cramponné de l'autre main au rebord de la grille, résistant au flot bouillonnant qui tentait de m'en arracher.

Je suis resté accroché ainsi longtemps, la tête dépassant à peine de l'eau, mes doigts devenant blancs et fripés, mais je n'ai lâché ni la grille ni le dossier.

Finalement, au bout d'une éternité, le niveau a commencé à baisser. La canalisation s'est vidée et j'ai pu à nouveau poser les pieds sur le sol ferme.

13:50

La bande des trois voyous avait disparu. J'avais remonté la canalisation en sens inverse pour sortir des égouts.

Je marchais maintenant sous la pluie sans me faire remarquer, piéton anonyme, mouillé, trempé, dégoulinant d'eau, parmi les autres piétons surpris par l'orage.

J'ai appelé Boris d'une cabine téléphonique. Il s'est empressé de venir à mon secours. Une fois de plus. J'ignore comment il s'y est pris, mais il a réussi à réparer mon portable et ma lampe torche. Il m'a aussi donné des vêtements secs et un sac étanche pour protéger mes affaires.

Au bout de dix minutes, il a dû repartir. Si seulement j'avais pu le suivre !

17:33

L'alcôve du collecteur avait été inondée. Elle était jonchée de flaques suite au déferlement orageux. J'ai essayé d'éponger un coin avec mes vêtements mouillés pour pouvoir me reposer un moment, même si je savais que je ne pourrais pas rester longtemps sans courir le risque d'être piégé à nouveau.

21:01

Je me suis allongé avec l'espoir de dormir un peu. En vain. Je me sentais encore trop perturbé physiquement et moralement par mon affrontement avec la bande des trois voyous et l'inondation des canalisations. Je déteste me battre.

Un jour, en primaire, Boris et moi nous apprêtions à déjeuner sous les arbres quand deux grands, Ken Stubbs et Noah Smith, s'étaient approchés de nous.

– Qu'est-ce que tu manges comme cochonnerie, minus ? avait lancé Ken en désignant la lunch box de Boris.

– Ouais, qu'est-ce que tu manges, minus ? avait répété Noah.

Mrs Michalko avait préparé pour son fils Boris des beignets de pommes de terre. Et elle en avait ajouté quelques-uns pour moi, sachant que je les adorais.

Même à six ans, Boris se montrait déjà raisonnable et logique.

– Ça s'appelle des *pirojkis*, et c'est vous les minus, pas moi, avait-il rétorqué.

Ken avait balancé un coup de pied dans sa lunch box, envoyant valser les beignets de pommes de terre dans toutes les directions. Ils avaient roulé sur le sol, dans l'herbe et la poussière de la cour de récréation.

– Pourquoi tu as fait ça ? Qu'est-ce que je vais manger maintenant ?

– Oh, bouhouhou, maman, s'était moqué Noah.

J'avais cherché des yeux un maître mais je n'avais vu personne.

Ken avait alors shooté dans un *pirojki* et déclaré avec un sourire méchant :

– Tu peux toujours manger ça.

Puis il en avait ramassé un autre avec ses mains sales :

– Tiens, ouvre la bouche !

Noah avait attrapé Boris pour le forcer à manger. En se débattant à coups de pied, Boris était tombé lourdement du banc. Je ne savais pas quoi faire ; j'étais beaucoup plus petit que les autres. Pourtant, en voyant Ken tenter d'enfoncer le *pirojki* plein de terre dans la bouche de Boris, j'avais senti une décharge électrique me traverser le corps. J'avais bondi et foncé la tête la première sur Ken. Il était immense comparé à moi, mais il s'était quand même affalé par terre, renversant Noah au passage.

– Vite, Boris ! avais-je crié, entraînant mon ami.

Ken et Noah étaient en train de se relever. Tout en les dépassant en courant, nous leur avions balancé de la terre dans la figure.

Plus jamais ils ne nous avaient embêtés.

20 février
J -315

10:31

– Bonjour, je souhaiterais parler à Erik Blair s'il vous plaît.

Je m'étais finalement décidé à téléphoner au bureau de mon père pour savoir si Erik pourrait me renseigner.

– Je suis désolée, a répondu la femme à l'autre bout de la ligne, Erik Blair est en congé maladie. Il… il ne va pas très bien. Je peux prendre un message si vous voulez. Malheureusement il m'est impossible de vous dire quand il reviendra travailler.

– Ce n'est pas grave, je rappellerai.

À peine avais-je raccroché que mon portable a sonné.

– Allô ?

– Pourquoi tu ne m'as pas téléphoné ?
– Winter ?
– Qui veux-tu que ce soit ? Pourquoi ce silence ? Quel est le problème ?
– Quoi ? Mais j'ai essayé de t'appeler un nombre incalculable de fois. Ça fait deux semaines que ton portable est éteint !

Me rendant compte qu'il était totalement inutile de me disputer avec elle, j'ai changé de ton et ajouté :
– Enfin, peu importe. On s'est captés.
– Parfois je suis difficile à joindre. J'ai des tas de choses à faire. Bon, tu veux le voir cet ange, oui ou non ?

Swann Street

23:29

Tandis que j'attendais Winter près de l'entrée de la station de Swann Street, j'ai jeté un coup d'œil à un panneau de petites annonces proposant des jobs à mi-temps, des colocations d'appartements, des voitures et des meubles d'occasion. Remarquant des tags « Pas psycho » à côté d'un avis de recherche gondolé qui affichait mon visage « d'avant », je me suis enfoncé dans l'ombre.

La terre entière était à mes trousses.

AVIS DE RECHERCHE

CAL ORMOND

Avez-vous vu ce garçon ?

SIGNALEMENT

Âge : 15 ans	Cheveux : blonds
Taille : 1,78 m	Yeux : bleu-vert
Poids : 75 kg	Type : occidental

Si vous détenez des informations sur l'endroit où il peut se trouver, contactez immédiatement la brigade criminelle la plus proche.

IMPORTANT

Ne tentez en aucune façon de neutraliser vous-même le suspect. Il est dangereux et susceptible d'être armé.

J'ai tapoté mon sac à dos pour m'assurer que le dossier était toujours là en sécurité. Je l'avais glissé à l'intérieur de la doublure. À moins de se livrer à une fouille en règle, il était à l'abri de tous les curieux.

23:35

J'ai repéré Winter avant qu'elle ne m'aperçoive. Dans ses vêtements légers, nimbée de la lumière des feux de signalisation qui l'éclairaient dans le dos, on aurait dit une créature fantastique échappée d'un autre monde. Quand elle s'est approchée, j'ai entendu tintinnabuler les minuscules clochettes argentées cousues à l'ourlet de sa longue jupe blanche. À ma grande surprise, elle m'a dépassé sans ralentir.

– Tu veux voir l'ange, oui ou non ? a-t-elle lancé en se retournant et en arquant un sourcil.

J'ai plongé mon regard dans ses yeux sombres en amande. Elle m'a gratifié d'un sourire froid.

– J'aurais pu attendre jusqu'à demain, ai-je répliqué. C'est toi qui as insisté pour qu'on y aille ce soir.

– Exact. Demain, je suis occupée.

– Tu vas au lycée ?

Elle a secoué la tête.

– Non, mais il fallait que ce soit ce soir. À cause de la pleine lune. Indispensable.

– Tu as l'intention de te transformer en loup-garou ?

– Peut-être. Alors, tu décolles ?

J'avais beau plaisanter en parlant de loup-garou, j'étais conscient que je m'apprêtais à la suivre sans avoir la moindre idée de l'endroit où elle m'emmenait. Je pensais à la méfiance de Boris à son égard et à son avertissement : jouait-elle au gentil flic ou au méchant flic ?

23:48

J'ai accéléré le pas pour rester à sa hauteur tandis qu'elle me guidait à travers la ville, son épaisse chevelure flottant dans son dos. Elle marchait comme si elle dirigeait le monde entier.

En arrivant au pied d'une colline, j'ai reconnu l'allée donnant sur Memorial Park. Le parc où j'avais été enlevé !

– On va où ? ai-je demandé.

– Tu verras.

– Je suis du genre à préférer savoir où je vais.

– Ah oui ?

Elle s'est arrêtée un instant, puis a repris :

– Je croyais que tu voulais voir l'ange.

– Oui mais je veux d'abord savoir où il se trouve.

– Écoute, on y sera plus vite si tu cesses de poser des questions.

23:52

La dernière fois que j'avais mis les pieds là, j'avais été enfermé dans le coffre d'une voiture, puis dans un débarras. J'hésitais à continuer.

– Avance ! a grogné Winter en m'attrapant par le bras. Tu as peur ou quoi ?

– Bien sûr que non, ai-je menti.

– Alors, viens. On y est presque.

Elle s'est éloignée à grands pas au clair de lune, les clochettes d'argent tintinnabulant sur sa jupe blanche. Je me suis efforcé de rester calme mais vigilant.

23:55

J'ai regardé autour de moi, à l'affût du moindre mouvement dans l'ombre. Dans cet endroit obscur et isolé, n'importe qui pouvait se cacher pour nous tendre une embuscade – *me* tendre une embuscade. À cette idée, mon cœur a tressauté et mon estomac s'est contracté sous l'effet de la nausée, m'empêchant de me concentrer comme je l'aurais souhaité. J'étais prêt à affronter le danger. À prendre mes jambes à mon cou ou à me battre pour sauver ma peau.

Nous nous sommes arrêtés au pied des grandes marches du mausolée. Je ne m'étais jamais aventuré aussi loin dans le parc.

– Il y a parfois des sans-abri qui dorment là-dedans, a déclaré Winter en tirant la porte en fer rouillé qui condamnait autrefois la partie centrale du mémorial, et dont la serrure avait été arrachée depuis longtemps.

Juste avant d'entrer, elle s'est retournée pour brandir sa montre sous mon nez :

– Tu vois ? Il est presque minuit, c'est la pleine lune, et je ne me suis pas transformée en loup-garou !

Puis elle a éclaté de rire, en découvrant ses dents, et ajouté :

– Pas encore en tout cas.

Nous avons enjambé des feuilles, des détritus, et j'ai essayé de me détendre lorsqu'elle m'a pris la main pour m'entraîner à l'intérieur du mausolée éclairé par la lune.

21 février
J –314

Mausolée
Memorial Park

00:01

Je me suis retrouvé au centre d'un vaste espace circulaire au sol décoré de mosaïques. Devant moi se dressait un personnage sur un socle en pierre, le genre de statue qui surplombe les tombes ou les monuments aux morts. J'avais l'impression d'être revenu au cimetière de Crokwood, la fois où Boris et moi cherchions le mausolée des Ormond en pleine nuit.

La soirée avait été très chaude, mais à présent un vent froid soufflait, soulevant des herbes coupées en petits tourbillons sinistres au ras du sol. J'ai frissonné et contemplé la statue fantomatique.

– Ce n'est pas un ange, c'est un soldat !

La peur m'a contracté le ventre. J'étais piégé. J'avais suivi Winter de mon plein gré dans cet endroit isolé et maintenant, n'importe qui pouvait mettre la main sur moi, ou sur les dessins.

Je m'apprêtais à me sauver quand elle m'a crié :

– Eh ! Où tu vas ? Regarde !

Elle tendait le bras vers le ciel.

– Le voilà, ton ange !

J'ai hésité, puis levé les yeux. Au-dessus de la tête de la statue, des vitraux décoraient les fenêtres élevées du mur du fond. Un hoquet de surprise m'a échappé. Là, éclairée par les rayons de la lune frappant le verre coloré, se détachait l'immense silhouette de l'ange tel que mon père l'avait dessiné. Son masque à gaz pendu à son cou, son casque sur la tête. Ses ailes étendues derrière lui.

Incroyable. J'avais trouvé l'ange.

J'ignore combien de temps je suis resté bouche bée devant lui. Lorsque j'ai baissé les yeux et découvert l'inscription encadrée à ses pieds, j'ai compris pourquoi mon père avait dessiné cet ange deux fois – dans sa lettre d'Irlande d'abord, puis sur son lit d'hôpital.

À LA MÉMOIRE DE PIERS ORMOND,
TUÉ DANS LES FLANDRES EN 1918.

– Ormond, ai-je fini par articuler. C'est mon nom de famille.

Je me suis tourné vers Winter.

– Je sais, a-t-elle dit. Et tu ne connaissais pas l'existence de ce monument ?

– Pas du tout. Il y a très longtemps, mon père m'a raconté qu'un membre de la famille était mort pendant la Grande Guerre, rien de plus. À mon avis, il a dû trouver des renseignements à son sujet quand il était en Irlande et…

Je me suis interrompu en m'apercevant que j'étais sur le point de lui parler de la dernière lettre de mon père, celle où il avait commencé à m'expliquer ses découvertes sensationnelles.

– Et ?

Elle a froncé les sourcils en devinant que j'avais décidé de me taire.

– Ce n'est pas un nom très courant, a-t-elle insisté. Il s'agit peut-être d'un parent éloigné.

Qu'est-ce que cela signifiait ? Pourquoi mon père avait-il dessiné Piers Ormond ? D'où Winter tenait-elle ces informations ? Mon excitation n'a pas tardé à se transformer en suspicion.

– Par quel hasard connais-tu cet ange ? Comment l'as-tu découvert ? C'est Sligo qui t'en a parlé ?

– Sligo ? Quelle idée ! Sligo ne sait rien du tout. Il n'a jamais mis les pieds dans ce mausolée.

Elle a désigné l'ange.

– C'est ici que je viens pour m'éloigner de gens comme Sligo justement. Ne t'inquiète pas, Cal. Le secret de ton ange ne risque rien avec moi.

– Comment ça, le secret ? Pourquoi tu dis ça ? Pourquoi crois-tu que l'ange soit lié à un secret ?

À la lueur de la lune, je l'ai vue lever les yeux au ciel.

– Oh, je rêve ! Tu fais exprès de jouer les idiots ou c'est naturel chez toi ? Bien sûr que cet ange cache un secret ! Sinon, pourquoi te démènerais-tu ainsi pour en savoir plus ? Pourquoi emporterais-tu ces dessins de l'ange partout où tu vas ? Pourquoi Sligo se serait-il lancé à la poursuite de ce truc qu'on appelle la Singularité Ormond ? Tu me prends pour une imbécile ?

Elle avait raison. Pas besoin d'être un génie pour tirer ces conclusions.

– Je pense beaucoup de choses de toi, ai-je fini par répondre en songeant qu'elle était belle, étrange, énigmatique... et agaçante. Mais certainement pas que tu es une imbécile.

Elle m'a jeté un regard scrutateur. C'était elle qui se méfiait à présent, ignorant si ma réponse était un compliment ou une insulte. Au bout d'un moment, elle a repris la parole :

– J'ai le sentiment de connaître cet ange depuis toujours. Je venais déjà ici quand j'étais petite. Quand on vivait au cap Dauphin. Ensuite, après l'accident, je suis revenue très souvent.

– L'accident. Celui de tes parents ?

Winter ne m'a pas répondu. Je savais qu'ils étaient morts mais que s'était-il passé ? Je savais aussi qu'il était probablement trop tôt pour qu'elle me le révèle. Si jamais elle décidait de me le révéler un jour… Elle s'est détournée pour contempler l'ange à nouveau.

– Oui. J'y venais tout le temps. C'était mon refuge à moi. Il y fait frais l'été et, dans la journée, il est presque toujours désert. Aujourd'hui encore, j'aime venir m'asseoir ici, surtout quand je suis triste.

Si je n'avais pas vu le chagrin voiler son visage lorsqu'elle m'avait montré les photos de ses parents, j'aurais juré que Winter Frey était beaucoup trop froide pour éprouver de la tristesse. Trop froide et trop dure.

Après tout, je pouvais peut-être lui faire confiance, même si je n'avais aucun moyen de vérifier qu'elle disait la vérité. J'ai relégué les avertissements de Boris au fond de ma mémoire et tenté de profiter de l'instant présent. Finalement, cet ange établissait le lien entre le nom des Ormond, deux dessins de mon père et l'Énigme Ormond. Le vitrail et son inscription sur Piers Ormond représentaient deux pièces essentielles du puzzle que Boris et moi tentions de reconstituer. J'ai sorti mon portable pour prendre une photo et la lui envoyer sur-le-champ.

Soudain, tout s'est assombri. Un nuage venait sans doute de passer devant la lune. Je me suis retourné vers Winter, prêt à la remercier de m'avoir montré l'ange. Mais elle avait disparu. Elle s'était éclipsée sans un mot.

J'espérais qu'elle ne s'était pas précipitée tout droit chez Sligo pour l'informer de notre rencontre.

00:34

Liberty Square était pratiquement désert maintenant. Il ne restait que quelques personnes dans les rues. Je marchais à grandes enjambées, la capuche de mon sweat rabattue sur les yeux. Je voulais m'assurer que mon squat de St Johns Street ne présentait plus de danger. Je ne pouvais pas me résoudre à dormir dans le collecteur. Pas cette nuit.

La planque
38 St Johns Street

01:30

J'ai rampé sous la maison mais, en entendant des voix et des bruits de pas, je me suis arrêté net et j'ai rebroussé chemin.

Je me suis glissé furtivement sur la véranda pour jeter un coup d'œil à l'intérieur, entre deux planches condamnant la fenêtre.

J'ai découvert trois clochards dont deux étaient assis, le verre à la main, là où j'avais passé tant de nuits fiévreuses à me cacher. Deux hommes vêtus d'habits miteux et une femme plus jeune au visage émacié et aux cheveux filasse squattaient ma maison. Malgré la chaleur, la femme portait de longues mitaines noires et un vieux châle en laine drapé autour des épaules. Ils avaient dévalisé mes provisions : des boîtes de conserves vides jonchaient le plancher. Je n'ai pas osé les interrompre. Je préférais éviter les ennuis.

Je mourais de faim et, quand j'ai fouillé mes poches, j'ai découvert qu'il ne restait à peu près rien de l'argent que m'avait donné Boris. Je n'avais plus qu'à trouver un endroit où dormir.

02:01

Je me suis remis à marcher dans les rues, tête baissée. J'ai dépassé un groupe de fêtards attablés dans un café ouvert vingt-quatre heures sur vingt-quatre. J'avais si faim que je me suis demandé un moment quelle serait leur réaction si je m'approchais de la table, m'y asseyais et me mettais à rire avec eux tout en piochant copieusement dans leurs assiettes de frites.

J'étais sûr qu'ils le prendraient mal.

Et quelle serait la réaction du serveur si je m'installais à la table voisine pour lire le menu ?

Je savais qu'il le prendrait mal lui aussi. Pas seulement parce que j'étais sans le sou, mais à cause de mon allure. J'avais un besoin urgent de me doucher et de changer de vêtements. Je sentais mauvais après ma nuit dans l'alcôve humide du collecteur.

Je me rappelais avoir lu une histoire incroyable sur les Vikings : lorsque quelqu'un avait commis un acte condamnable, on lui marquait le front d'une tête de loup et on le déclarait hors-la-loi. Il ne faisait alors plus partie de la communauté des hommes. Plus personne n'était autorisé à lui donner à manger, à l'héberger, à entretenir la moindre relation avec lui.

Mes habits dégoûtants, mes cheveux et ma figure sales me faisaient une tête de loup.

Gare de triage désaffectée

02:32

De retour à la gare de triage, je me suis blotti dans l'angle d'un hangar ouvert à tous les vents. J'ai essayé de me concentrer sur la nouvelle piste que m'offrait l'ange au lieu de penser aux gargouillements de mon estomac et au fait qu'ainsi plongé dans l'obscurité, j'étais vulnérable et sans défense.

03:13

Il pleuvait. J'ai calé quelques tôles ondulées rouillées contre les poteaux qui soutenaient le toit pour me protéger de la pluie battante et j'ai tiré la fermeture de mon duvet le plus haut possible. Le grondement des trains, la pluie et le vent m'empêchaient de trouver le sommeil. Épuisé, j'ai quand même fini par m'endormir.

05:59

Je me suis assis, courbaturé d'être resté allongé sur le sol dur. Une fois de plus, mon cauchemar était venu me réveiller. Le chien blanc en peluche, les pleurs d'enfant, le poids écrasant de la solitude... Pourquoi ces visions me harcelaient-elles ainsi ?

Mon sac de couchage était trempé. Mon épaule droite, toujours enflée, me faisait mal. Elle ne guérissait pas. J'espérais qu'elle ne s'était pas infectée.

Je me suis levé, j'ai roulé mon duvet avant de le fourrer dans un coin du hangar. Je n'avais pas dormi beaucoup plus de deux heures, toutefois je devais partir.

06:23

Le ciel s'éclaircissait. Quelques individus circulaient déjà dans les rues de la ville. Je me suis éloigné de la gare de triage et enfoncé dans une ruelle où un commerçant déchargeait des fruits et des légumes de l'arrière d'un pick-up. Il a disparu à l'intérieur de sa boutique en poussant un diable, puis, d'un coup de pied adroit, a rabaissé le rideau de fer, en oubliant un carton de raisins sur le trottoir.

Quand j'étais à l'école, un jour, j'avais volé l'avion taille-crayon de Tony Baldi. C'était le genre d'élève qui possédait les accessoires les plus sympas et les plus tendance. Tous les autres élèves l'enviaient. Avant de chiper le taille-crayon, je m'étais dit qu'il ne s'en apercevrait pas, mais ensuite, j'avais eu de tels remords que j'étais remonté en classe pendant la récré pour le remettre à sa place dans sa trousse. Depuis, je n'avais plus jamais volé.

Ce jour ferait exception : sans hésiter, j'ai ramassé le carton et je me suis sauvé.

J'ai couru sans m'arrêter jusqu'à ce que je tombe sur un petit jardin public. Des perroquets se chamaillaient dans les arbres. Je me suis assis sous un gommier, j'ai déchiré le couvercle du carton et dévoré les raisins avec avidité. Une fois rassasié, carrément sur le point d'éclater, je me suis allongé dans l'herbe.

08:00

Plié en deux à cause des crampes qui me vrillaient l'estomac, je me sentais vraiment mal en point. Le marchand avait peut-être une bonne raison de se débarrasser du raisin.

J'ai maudit un groupe d'écoliers qui attendaient le bus un peu plus loin en blaguant et discutant pendant que je me tordais de douleur, tout seul sous un arbre dans un lieu inconnu.

Comment ma mère réagirait-elle si elle savait son fils à l'agonie dans un jardin public ?

Finalement, les crampes se sont calmées et je me suis traîné sous des buissons où je me suis endormi, à l'abri des passants.

11:48

Je me suis réveillé en sursaut. Autour de moi, les buissons remuaient.

Immobile, j'ai écouté avec attention avant de me retourner.

– Oui, là, il y a un bonhomme.

– Chut, il se réveille.

– Je vais l'avoir. Regardez !

Une pierre a traversé le feuillage et m'a frappé l'arrière de la tête.

– En plein dans le mille ! Bien fait pour toi, sale clodo !

Des mains ont applaudi bruyamment.

J'ai tourné la tête et aperçu trois paires de petites chaussures noires bien cirées. Je me fichais qu'on me voie, j'étais furieux. Comment osaient-ils traiter quelqu'un de cette manière ? Je me suis relevé d'un bond, jaillissant des buissons tel un fauve.

– GRRRRRRRR !

Les trois gamins se sont aussitôt sauvés en hurlant.

– Vous pourriez vous retrouver à ma place, un jour !

Sous le choc, je les ai observés détaler tout en secouant la tête. Et j'ai repensé à la marque du loup. Tant de gens dans cette ville la portaient.

11:53

Mon portable sonnait quelque part sous les buissons. Je me suis mis à quatre pattes pour le récupérer.

– Allô ?

Le numéro qui s'était affiché sur l'écran m'était inconnu.

Un soleil éclatant brillait et je me suis réfugié à l'ombre. Je transpirais à grosses gouttes : la chaleur était déjà écrasante.

– Cal Ormond ? a demandé une voix de femme.

Jennifer Smith ! La femme mystérieuse !

– Oui ? ai-je répondu prudemment en scrutant les alentours.

Il n'y avait qu'une petite fille sur une balançoire à l'autre bout du jardin, surveillée par sa mère.

– Que s'est-il passé la dernière fois qu'on devait se rencontrer ? Tu m'avais dit que tu viendrais.

Elle paraissait sincèrement inquiète, plus inquiète que contrariée, et j'ai commencé à me détendre. Même si je devais rester sur mes gardes, j'étais certain que ce n'était pas la voix d'Oriana de Witt.

– J'étais en chemin pour vous rejoindre mais il y a eu un imprévu.

C'était on ne peut plus vrai. Que lui raconter ? J'ignorais qui était cette femme.

– Écoutez, ai-je ajouté, j'ai cru que vous m'aviez tendu un piège. Comment être sûr que je peux vous faire confiance ?

Je l'entendais respirer à l'autre bout de la ligne. J'espérais qu'elle n'était pas en train de concocter un beau mensonge à me servir.

– Je ne sais pas quoi te dire, Cal. Sinon que ton père avait de grands yeux chaleureux, honnêtes, même lorsque la maladie le dévorait. Il souhaitait vraiment que je prenne contact avec toi. J'ai placé la photo qu'il conservait dans son portefeuille à côté de son lit, celle où l'on vous voit tous les deux poser devant une voiture sur le terrain d'aviation, avec le même sourire. Et je lui ai promis, en lui tenant la main, de faire tout mon possible pour vous aider, toi et ta famille.

Je savais exactement de quelle photo cette femme parlait. Elle avait été prise aux Cadets de l'Air, juste avant le départ de mon père pour l'Irlande.

– Pourquoi voulez-vous me voir, alors ? ai-je demandé. Vous connaissez les dessins que mon père a réalisés à cette époque ?

– Oui.

Je l'ai crue.

– Mais nous pourrons en discuter quand nous nous verrons, a-t-elle ajouté.

– Est-ce qu'il a évoqué la Singularité Ormond ?

– Je ne crois pas. Il était si malade quand il est entré au service des soins palliatifs qu'on avait parfois du mal à le comprendre.

– La dernière fois, vous avez prétendu détenir quelque chose pour moi, ai-je dit en me souvenant de notre première conversation. De quoi s'agit-il ?

– Je ne veux pas en parler au téléphone.

J'ai senti la peur dans sa voix.

– Je t'expliquerai lorsque nous nous rencontrerons, Cal. C'est trop dangereux. La situation n'est pas facile pour toi, mais elle ne l'est pas non plus pour moi.

– Qu'est-ce que vous proposez alors ?

– Je travaille au zoo en ce moment. Je pense qu'il serait plus sûr pour nous deux de nous retrouver là-bas. Je répondrai à toutes tes questions, je te le promets.

– D’accord. Quand ?
– Dimanche 28 ?
Je n’avais pas le choix. Je devrais prendre mon mal en patience jusque-là.
– À quelle heure ?
– 16 h 30 ? J’aurai fini ma journée.
– Où ça ?
– Tu connais le cadran solaire ?
Je le connaissais. C’était un point de rendez-vous très fréquent au zoo.
– Oui, j’y serai.
Elle a raccroché, j’ai rangé lentement mon portable. Cette femme avait rencontré mon père, elle avait vu ses dessins. Une bouffée d’espoir m’a envahi. Elle avait peut-être aidé le Dr Edmundson à ranger ses affaires. Qu’avait-elle à me raconter ? Mon cœur battait à tout rompre.
À chaque nouvelle révélation, une pièce s’ajoutait au puzzle du secret de mon père… Malgré la faiblesse dans laquelle mes crampes d’estomac m’avaient laissé, et la fureur que ces sales gosses jeteurs de pierres avaient fait naître en moi, je me suis senti soudain capable de surmonter n’importe quelle situation.

12:26

Lorsque mon téléphone a sonné, j’ai aussitôt répondu.

– Je viens de voir ta photo de l'ange ! L'ange Ormond ! Cette fois, on a un vrai lien avec ton nom de famille, s'est exclamé Boris. Dépêche-toi d'aller à la campagne chez ton grand-oncle si tu veux discuter avec lui avant qu'il ne décolle pour son dernier voyage !

– Ouais, tu as raison. Si ça se trouve, il s'est déjà envolé.

– Non, il est toujours de ce monde. Ta mère a parlé de lui la dernière fois que je l'ai vue. Elle l'avait contacté dans l'espoir que tu te serais réfugié là-bas.

– J'ai bien fait d'attendre.

– Cette découverte de l'ange Ormond est vraiment géniale. Quoique...

Je savais qu'il allait me remettre en garde contre Winter. Je ne voulais pas entendre son petit discours moralisateur. D'accord, elle avait disparu sans prévenir, mais je m'en fichais et je n'avais pas l'intention d'en informer Boris.

– Alors, tu le connaissais ce Piers ? a-t-il demandé.

– Il y a très longtemps, mon père a évoqué un parent éloigné – un cousin ou un arrière-arrière-grand-oncle – qui était mort pendant la première guerre mondiale. Ce doit être lui. Sur la photo que je t'ai envoyée, tu ne vois peut-être pas l'inscription en bas du vitrail : elle précise qu'il a été tué en 1918.

Boris a émis un long sifflement.

– Ton père a dû découvrir un truc à propos du vitrail quand il était en Irlande. Mais le temps qu'il revienne ici, il était déjà trop malade pour poursuivre ses recherches. Ou éclaircir le rapport entre cette œuvre et le DMO.

– Alors il a dessiné l'ange, ai-je continué, réfléchissant tout haut. Et joint son dessin à sa lettre. Il a écrit qu'il m'expliquerait une fois à la maison. Il avait sûrement hâte de rentrer pour vérifier ses suppositions en allant voir le vitrail du mémorial. Par malheur, il n'a pas pu s'y rendre. C'est pourquoi il l'a dessiné une deuxième fois…

– Parce que c'est super important, m'a interrompu Boris. Je te l'avais dit !

Sa voix vibrait d'excitation.

– Je vais me renseigner sur cet énigmatique Piers Ormond. S'il était assez célèbre pour qu'on lui dédie un vitrail, on le mentionne sans doute ailleurs.

– Boris, ai-je repris, changeant de sujet. Je dois rencontrer la femme mystérieuse le 28. L'infirmière qui s'est occupée de mon père.

– La fameuse Jennifer Smith ! Comment peux-tu te fier à elle après ce qui est arrivé la dernière fois ? Il est à peu près certain qu'elle t'a tendu un piège. Elle t'avait promis une surprise et tu t'es fait enlever.

– Elle n'a rien à voir avec Oriana de Witt, si c'est à ça que tu penses. Seule une personne honnête pouvait évoquer mon père comme elle l'a fait. D'ailleurs, tout s'est bien passé hier soir : Winter Frey aussi m'avait promis une surprise et nous avons découvert Piers Ormond.

– Je regrette, mon vieux, mais cette fille ne m'inspire pas confiance. Sois prudent. Qui sait si elle n'a pas rapporté votre conversation à Sligo ?

– Elle connaît cet ange depuis qu'elle est enfant. À mon avis, elle n'en a jamais parlé à Sligo. Sinon, il l'aurait identifié quand il a découvert les dessins. En plus, elle ne l'aime pas et je doute qu'elle ait la moindre envie de l'aider.

– C'est ce qu'elle prétend.

Je revoyais l'image de Winter, son regard sombre et intense, son assurance, comme si elle n'avait aucune crainte à mon sujet.

Pourtant Boris avait raison. Je n'étais certain de rien.

– Alors, quand me montres-tu cet ange ? a-t-il demandé. J'ai hâte de le voir de mes propres yeux.

– Demain ? Vers midi et demi ?

– Super.

La petite fille sur la balançoire à l'autre bout du jardin a sauté de son siège et couru vers sa mère. Quelque chose dans son attitude m'a rappelé Gaby.

– Boris ? Comment va Gaby ?

– Désolé, mon vieux, il n'y a rien de nouveau. Mais elle s'accroche, une vraie battante.

Mes mâchoires se sont crispées. Je devais être fort pour ma sœur. Je n'ai pas pu m'empêcher de penser à toutes les fois où je l'avais fait pleurer. Quand elle m'embêtait, je partais me cacher en courant. Elle se laissait alors tomber par terre brutalement et éclatait en sanglots parce qu'elle se croyait abandonnée. Je regrettais vraiment de ne pas avoir été un grand frère plus attentionné.

J'étais décidé à m'introduire coûte que coûte dans le service des soins intensifs pour la voir.

– Et ma mère ?

– Elle est passée à la maison hier soir. Je lui ai dit que j'ignorais toujours où tu étais. C'était la vérité, tu aurais pu te trouver n'importe où.

– Ça avait l'air d'aller ?

– Elle a beaucoup maigri et semble parfois dans un état second. Ce n'est pas la grande forme et pourtant elle va bientôt déménager. Ton oncle Ralf ne la quitte plus, il l'aide à faire ses cartons.

Ma réaction à l'égard de Ralf avait radicalement changé depuis ces derniers jours. À présent, j'étais certain qu'il était animé de bonnes intentions et prendrait soin de ma mère. J'étais déçu qu'elle n'ait pas meilleur moral maintenant qu'il avait mis la maison à son nom.

– Un drôle de type rôde autour de chez moi, a poursuivi Boris. En gilet rouge. Il a tenté de me suivre à deux ou trois reprises.

– Un gilet rouge ? Avec un caractère chinois ?

– Tu le connais ?

– Boris, il va falloir te montrer plus prudent que jamais – c'est l'un des gorilles de Sligo. Assure-toi toujours que tu l'as semé. S'il me rattrape, je suis foutu. La dernière fois que j'ai eu affaire à lui, il m'a jeté dans une cuve à mazout.

– Tu vois ? Je t'avais dit qu'on ne pouvait pas se fier à Winter Frey.

– Hein ? Quel rapport ?

– Elle appartient à la bande des tueurs en puissance de Sligo. Des gens totalement dépourvus de scrupules.

– Si elle m'avait trahi, Gilet Rouge m'aurait déjà capturé et ne traînerait pas autour de chez toi pour flairer une piste.

Boris a grogné avant de raccrocher. Il savait que j'avais raison.

22 février
J -313

Mausolée
Memorial Park

12:23

Boris était déjà là quand je suis arrivé. Il fixait l'ange, complètement sidéré.

– Plutôt effrayant pour un ange ! a-t-il lancé sans le quitter des yeux. Il est tel que ton père l'a dessiné.

Nous nous tenions debout, côte à côte, dans la fraîcheur du mausolée. Les rayons du soleil traversaient le vitrail de l'ange, éclaboussant le sol en ciment de taches multicolores jaunes et bleues, rouges et vertes. Les yeux plissés, nous avons lu ensemble la dédicace au soldat mort au combat.

Boris a mis ses lunettes de soleil.

– On aperçoit quelque chose sous le masque à gaz. Un petit truc vert et or. Tu te souviens ? Sur le dessin de ton père, ça ressemblait à une médaille.

– Oui, ai-je dit en le sortant de mon dossier. Là aussi on distingue une forme ovale sous le masque à gaz.

– Ce type n'a pas eu de chance, a poursuivi Boris. Il a été tué la dernière année de la Grande Guerre.

– La malchance semble être assez courante dans ma famille.

Il a tapoté les dessins du bout du doigt.

– Si nous nous fions aux indices laissés par ton père, la chance devrait bientôt tourner et sourire enfin aux Ormond.

– Je l'espère, Boris.

Dans sa lettre, mon père parlait d'une révélation extraordinaire. Cela annonçait sûrement un changement favorable.

12:48

– Merci, tu es sympa de garder un œil sur ma famille, ai-je murmuré au moment de nous séparer.

– Pas de souci, mec. Ta mère aime bien que je lui rende visite. Elle dit qu'en ma présence, les choses lui paraissent presque normales. En fait, parfois, j'ai l'impression de la voir redevenir comme avant. Une étincelle de lucidité s'allume brusquement dans ses yeux, mais elle disparaît aussi vite qu'elle est apparue.

Boris s'est gratté la tête.

– Tu sais, pour venir ici, au lieu de sortir de chez moi par la porte principale, j'ai escaladé la clôture et traversé en douce le jardin de Mr et Mrs Sadler. Je me demande combien de temps ils mettront à s'en apercevoir.

Puis il m'a tendu son déjeuner et l'argent qu'il avait préparés pour la visite de l'observatoire organisée par le lycée. Boris n'avait pas besoin du prétexte d'une excursion scolaire pour se rendre là-bas.

– Aujourd'hui, je préfère aller à la bibliothèque. C'est gratuit et je pourrai commencer à me documenter sur Piers Ormond et la première guerre mondiale.

– Pourquoi on l'appelle la Grande Guerre ?

– Parce qu'elle ne ressemble à aucune autre.

Tout à coup, Boris a bondi en arrière pour se cacher derrière la porte rouillée.

– Qu'est-ce que tu as ?

Il m'a tiré à l'intérieur.

– Il y a un type à l'entrée du parc. C'est lui qui surveillait ma maison depuis sa voiture.

– Qui ? Gilet Rouge ?

– Non, un autre. Quand je l'ai repéré dans la rue, je me suis dit que j'étais peut-être parano, mais maintenant que je le vois ici, cela fait trop de coïncidences. Il m'a suivi, j'en suis sûr.

Puis il a recommencé à se gratter la tête en ajoutant :

– Je croyais pourtant avoir été prudent. Je suis désolé, mec.

– T'inquiète pas. On va trouver un moyen de le semer.

J'ai jeté un rapide coup d'œil dehors et aperçu, à côté de l'entrée du parc, un grand type portant une veste sombre ouverte sur un tee-shirt, un jean noir, des baskets et des lunettes de soleil.

– S'il vient par ici, il te verra forcément, ai-je remarqué en examinant les abords de l'entrée du mausolée. Et il bloque la seule issue. Impossible de sortir.

Une haute grille en fer aux barreaux terminés par des pointes acérées entourait le parc. Pas question de l'escalader… surtout pour Boris.

J'ai réfléchi à toute vitesse.

– On lui a ordonné de te surveiller, ai-je déclaré. Il y a de fortes chances pour qu'il soit incapable de me reconnaître d'après la photo qui a été diffusée à la télé et dans les journaux.

J'ai repensé au lycéen soigné dont le portrait figurait sur les avis de recherche. Je ne lui ressemblais plus du tout.

– Je vais aller lui parler. C'est la dernière réaction qu'on peut attendre d'un individu en fuite. Pendant que je détournerai son attention, tu te glisseras derrière lui. Le temps qu'il comprenne que tu lui as échappé, il sera trop tard.

13:06

– Vous avez du feu, m'sieur ? ai-je lancé en arrivant à la hauteur du grand type à la veste sombre.

– Casse-toi, petit, a-t-il grogné derrière ses énormes lunettes de soleil.

– Un dollar, alors, m'sieur ?

J'avais vaguement conscience que Boris faisait un large détour pour s'approcher de l'entrée du parc dans le dos du balèze qui fulminait en s'efforçant de m'ignorer.

– Allez, m'sieur, rien qu'un dollar. C'est pas grand-chose pour vous, hein ?

– Fous le camp ! a-t-il grondé en essayant de me repousser.

Je m'y attendais et je l'ai esquivé.

Il a de nouveau tenté de m'attraper. Cette fois, je suis parti en courant. J'ai vu Boris se faufiler dans son dos, sortir du parc et disparaître en un clin d'œil dans l'allée, puis au coin de la route.

Le type a cessé de me poursuivre et rebroussé chemin en pestant.

Soudain, je l'ai vu s'arrêter net, se retourner pour me fixer, tendre le doigt vers moi, sortir son téléphone portable et s'éloigner vers le mausolée.

13:23

Je me suis efforcé de retrouver une respiration normale avant de pénétrer dans le cybercafé. Je me demandais ce que le grand type faisait maintenant. S'il m'avait reconnu, il avait dû s'empresser de prévenir Sligo que je rôdais dans les parages.

Un rapide coup d'œil m'a suffi pour comprendre que l'endroit était bondé. J'ai réussi à dénicher un ordinateur et une chaise libres et je me suis connecté tout en surveillant la rue du coin de l'œil. J'avais intérêt à me dépêcher.

J'avais repéré une porte au fond du café à côté des toilettes. Si quelqu'un me cherchait des ennuis, je pourrais toujours filer par là et escalader la clôture en un temps record.

J'ai déballé l'un des sandwichs de Boris. Sa mère l'avait préparé avec une sorte de saucisse fumée que je ne connaissais pas. Je l'ai englouti avec gourmandise.

Alors que j'attrapais un bout de papier pour prendre des notes, je suis tombé sur quelque chose qui a brutalement accéléré les battements de mon cœur... un sticker avec ma photo !

C'était un modèle réduit de l'affiche que j'avais vue quelques jours plus tôt, à la seule différence que cette nouvelle version était complétée d'un avertissement à l'intention des cybercafés, de l'adresse de mon blog, et d'une photo de moi plus récente !

J'ai aussitôt éteint mon ordinateur, prêt à m'éclipser.

En me levant, j'ai repéré des stickers partout !

Sur les ordinateurs !

Sur les tables !

Sur les murs !

Devant chaque client assis dans le café !

J'ai franchi la porte du fond et la clôture dans un état second.

14:09

Comment réussirais-je désormais à obtenir des informations ? Ma photo avait dû être diffusée dans tous les cybercafés de la ville et des environs ! Je ne pourrais même plus consulter mon blog.

> Boris. Ma foto é den tou lé cyberKfé ! NVL foto. Priz par Kméra survéyanz ? Sové just a tan. T'a d info ?

> Mek ! Sa cr1. Jsui à la bibli. Ri1 2 9 sur le blog. Jte ti1dré o kouran. TrouV énigm posé par sphinx à C victim : Keski marche sur 4 pat, pui sur 2, pui sur 3 ?

C pa.

… L'hom. Bb ramp a 4 pat, adult march a 2 pat, vieu march avc 1 canne = 3 pat !

Tu croi 4, 2 & 3 = indice puzzle ?

Psbl. Oubli pa n° 5 sur déc1 vieil porte ou plakar. Ça donne 2, 3, 4 & 5. Ks ten di ?

G 5 ornythorinque.

Cal, tu me fé mourir 2 rir. (C ironik, o k ou toré pa piG le ton 2 mon sms.)

17:13

Je revenais lentement vers St Johns Street en espérant que la planque serait déserte. Il faudrait que j'attende la nuit complète avant de m'y risquer.

Cela ne m'enchantait pas de retourner là-bas, mais je préférais m'éloigner du collecteur et de la gare de triage.

Tête baissée, je relevais parfois les yeux afin d'observer les gens qui m'entouraient, en me disant que je reverrais peut-être un jour l'ado – celui qui me ressemblait tant. À moins que j'aie tout imaginé, ou que j'aie été victime d'une hallucination.

La planque
38 St Johns Street

19:12

Je me suis avancé sur la véranda, aux aguets. Tout paraissait calme, silencieux. Les clochards qui s'étaient installés ici étaient repartis.

J'ai rampé sous la maison puis, une fois sorti du trou, je me suis effondré sur le plancher. Quelle étrange sensation de soulagement de retrouver ce taudis infect. Tout, ou presque, valait mieux que le collecteur.

J'avais de la place, la douce lumière des bougies, ma petite radio qui jouait en sourdine, et une boîte de haricots à la sauce tomate que j'avais cachée et oubliée.

Boris. 2 retour a villa st johns. Tu vi1 qd ?

Jvéré si jpeu 2m1 ou aprè 2m1. Ti1 bon.

26 février
J –309

12:02

– Désolé, mec, je n'ai que quelques minutes, m'a annoncé Boris. Je crois que ma mère se doute de quelque chose. Je ne pense pas qu'elle me dénoncerait à la police, en revanche une parole pourrait lui échapper par mégarde. Je n'ai pas non plus envie de perdre mon pouvoir de séduction sur les profs du lycée. Mes résultats sont bons donc ils restent cool avec moi, même quand je me pointe en retard aux cours… ou quand je ne viens pas du tout, mais mieux vaut ne pas abuser !

Il a vidé son sac à dos et m'a lancé une casquette noire, une batterie de téléphone chargée et des provisions : des bananes, un sac de petits pains et des boîtes de conserves. Puis il a éclaté de rire en empilant les boîtes les unes sur les autres.

– Qu'est-ce qu'il y a de drôle ? ai-je demandé en mettant la casquette.

– Ton régime est vraiment primitif. Si ça continue, a-t-il plaisanté en posant la dernière boîte sur la pile, tu te propulseras bientôt d'arbre en arbre sans aucun effort grâce à la puissance du gaz naturel interne !

Quel plaisir de pouvoir rire ensemble.

– Tu as eu des nouvelles de cette fille de la bande à Sligo ? a-t-il repris.

– Winter ? Non.

– C'est probablement mieux comme ça. Bon, il faut que j'y aille, mais je tiens à jour ton blog et je te préviens si j'ai des éclairs de génie au sujet du DMO.

Il m'a tendu deux billets de dix dollars :

– Prends ça aussi. J'ai réparé l'ordinateur portable de Mr Addicot. Il m'a filé trente dollars !

– Merci mille fois.

Sans Boris, j'aurais été obligé de me rendre depuis longtemps.

– Tu ferais exactement la même chose pour moi, je le sais. T'inquiète pas.

27 février
J –308

Liberty Square

14:12

J'avais passé toute la matinée à la bibliothèque et personne n'avait semblé me prêter attention. Avec Boris, nous avions tenté de relier les chiffres 2, 3, 4 et 5 à la série d'indices que nous possédions, mais même son cerveau de génie était réduit à l'impuissance.

J'avais beau analyser toutes les connexions échafaudées à partir des dessins, je stagnais. La Singularité Ormond demeurait totalement impénétrable.

En repartant à pied de la bibliothèque, j'ai eu le sentiment d'être redevenu un individu anonyme au milieu de la foule. L'attitude à adopter, c'était de rester discret et de suivre la piste du Dangereux Mystère des Ormond.

Demain, Jennifer Smith me révélerait peut-être l'indice dont j'avais besoin.

Cela paraissait facile. Mais, dans ma situation, tout devenait mission impossible.

28 février
J -307

Gare routière

15:20

Il faisait chaud et je m'inquiétais de plus en plus à cause de mon allure vestimentaire. J'ai abaissé la visière de ma casquette.

Je me frayais un chemin au milieu de la foule pour rejoindre le bus de 15 h 30 à destination du zoo quand j'ai reconnu quelqu'un. J'ai sursauté. Gilet Rouge ! Qu'est-ce qu'il fichait ici, bon sang ?

Je me suis réfugié dans le renfoncement d'une porte pour le surveiller.

Il montrait une photo aux passants. J'étais sûr qu'il me traquait. Après avoir vu les stickers dans le cybercafé, je me doutais bien que celle qu'il avait entre les mains était très récente.

Les gens poursuivaient leur chemin en secouant la tête. Personne ne semblait avoir vu l'ado-psycho. De toute évidence, Sligo l'avait lancé à ma recherche. Et le pire, c'était qu'il se tenait juste à côté de la porte du bus pour le zoo. Impossible de monter à bord sans passer devant lui.

Le départ était imminent. Si je loupais ce bus, je raterais mon rendez-vous avec Jennifer Smith, et peut-être ma dernière chance.

Je n'avais pas le choix. Je devais trouver le moyen de le berner : il fallait absolument que je prenne ce bus.

Soudain, un truc auquel j'avais pensé quelques jours plus tôt m'est revenu, la technique du « Vu mais invisible ». Elle exigeait pas mal de sang-froid et un simple accessoire.

C'était le moment ou jamais de vérifier son efficacité.

Marcherait, marcherait pas ? En cas d'échec, j'aurais de gros ennuis. Je savais de quoi Sligo était capable si je tombais à nouveau entre ses mains.

Tout en gardant un œil vigilant sur Gilet Rouge, je me suis dirigé vers une poubelle qui débordait. Quelqu'un avait empilé des cartons à côté. J'en ai attrapé un dont j'ai rabattu le couvercle, et je l'ai posé sur mon épaule comme s'il contenait quelque chose. Le cœur battant, le visage presque entièrement dissimulé, j'ai rejoint la file des voyageurs empruntant le bus.

J'entendais la voix de Gilet Rouge.

– ... considéré comme très dangereux, a-t-il dit alors que je passais si près de lui qu'il aurait pu me toucher.

– ... sa famille m'a engagé pour le retrouver... a-t-il ajouté tandis que je pénétrais dans le bus, le carton toujours sur l'épaule.

Quel menteur !

Du coin de l'œil, je l'ai vu s'éloigner avec ma photo. Je me suis faufilé à l'intérieur pendant que le chauffeur était occupé à rendre la monnaie à un passager. Ni vu ni connu, j'ai foncé jusqu'au fond.

Je me suis tassé sur un siège au moment où le véhicule démarrait, laissant derrière lui la gare routière et mon poursuivant.

Parc zoologique

16:15

J'ai fait la queue au guichet derrière quelques visiteurs, inquiet de voir l'heure tourner si vite. Nous avions rendez-vous, Jennifer Smith et moi, devant le cadran solaire à 16 h 30. Il me restait quinze minutes.

16:21

Lorsque mon tour est enfin arrivé, j'ai été choqué par le prix exorbitant du ticket d'entrée. Je me suis senti idiot. Je pensais en avoir pour quatre ou cinq dollars. Comme un enfant, j'ai tendu à la caissière tout l'argent que je possédais : un peu de monnaie, plus un billet de dix dollars que m'avait donné Boris. Ce n'était pas suffisant.

– Je vous en prie, ai-je tenté d'expliquer. J'ai rendez-vous avec quelqu'un devant le cadran solaire. Je ne viens pas visiter le parc. Vous pourriez peut-être me faire un tarif réduit ?

– Vous avez moins de 18 ans ?

– Oui.

– Puis-je voir une pièce d'identité ?

– Euh, non, je n'en ai pas sur moi.

« Mais oui, bien sûr, tenez, la voilà ma carte d'identité, ai-je pensé. Je suis Cal Ormond. 15 ans. Armé et dangereux. Laissez-moi entrer dans votre foutu zoo. »

– Désolée, dans ce cas, je ne peux vous autoriser l'accès que si vous payez le tarif plein. Si j'accordais des réductions à tout le monde, le zoo ferait faillite. Et qui s'occuperait des animaux, alors ?

– Je vous en supplie. Faites une exception.

Je voyais, derrière elle, l'heure indiquée par la pendule murale. En me dépêchant, j'arriverais à temps, mais il ne fallait plus traîner.

– S'il vous plaît, madame. La journée est presque finie.

Elle est devenue toute rouge.

– Ce n'est pas moi qui établis le règlement ! Il fallait vous donner rendez-vous ailleurs ! Voilà le prix du ticket d'entrée ! s'est-elle emportée en montrant l'écriteau affiché à côté de la vitre du guichet. Vous n'avez pas d'argent, vous n'entrez pas. Un point c'est tout.

Elle a regardé par-dessus mon épaule et fait signe d'avancer au couple qui patientait derrière moi. J'ai ramassé mon argent et je me suis dirigé vers l'entrée.

De chaque côté de la porte, des gardiens vérifiaient les tickets des visiteurs. Il était impossible de pénétrer dans le zoo sans payer.

16:28

Si je ratais Jennifer Smith une deuxième fois, quelle que soit mon excuse je perdrais tout contact avec elle. Or elle représentait le dernier lien avec mon père. Je ne pouvais pas prendre ce risque. Il devait y avoir un moyen d'entrer.

Je me suis éloigné de la porte en longeant le zoo. Inutile de songer à escalader la haute clôture métallique qui le séparait de la route. J'ai continué jusqu'au virage suivant. Un arbre poussait contre la clôture. C'était mon ultime chance.

J'ai peiné à me hisser sur le tronc et à éviter le fil de fer barbelé qui couronnait le sommet de la clôture. J'ai agrippé les branches de l'arbre d'une main tout en m'appuyant sur la clôture de l'autre main, la posant prudemment sous les barbelés. Puis j'ai placé mon sweat dessus pour les enjamber. Heureusement que j'avais toujours pratiqué le sport avec assiduité, bien loin de me douter alors à quel point il me serait utile dans ma vie de fugitif.

J'ai lancé mon sac à dos dans les buissons, non loin d'un monticule de rochers et d'un petit bassin. Estimant la hauteur de la clôture à quatre mètres environ, je me suis laissé glisser le long du mur pour amortir ma chute.

Je n'ai pas oublié de garder les jambes souples, de plier les genoux et de rouler sur moi-même avant de me relever… mais la réception a été brutale !

J'ai ramassé mon sac, observé les alentours. Je n'ai rien vu d'autre que le bassin et des buissons. J'avais dû atterrir dans un enclos abandonné.

16:43

À présent, il ne me restait plus qu'à sortir de cet enclos et à retrouver Jennifer Smith près du cadran solaire.

J'espérais qu'il n'était pas trop tard.

En dehors d'une petite porte grillagée percée dans un mur derrière moi (je n'avais aucune envie de l'ouvrir de peur de tomber sur un gardien), je ne voyais aucune issue. À moins d'escalader le mur de rochers qui se dressait à l'opposé pour remonter vers l'une des grandes allées du zoo. Des gens s'agitaient là-haut, mais j'étais trop occupé à me frayer un passage au milieu des buissons pour leur prêter attention.

Je commençais à grimper quand j'ai entendu crier au-dessus de ma tête. C'était ma hantise : me faire repérer par un groupe de visiteurs. Je me suis accroupi. Ils ont continué à crier en me montrant du doigt. Ils vociféraient tous à la fois, si bien que je ne comprenais pas un mot de ce qu'ils disaient.

J'ai sorti mon portable pour regarder l'heure. Je n'avais plus une minute à perdre. Il fallait que j'atteigne le cadran solaire sans tarder.

16:48

Des gens m'ont photographié avec leurs portables ! Mon identité allait être dévoilée. Ils ne pouvaient quand même pas me reconnaître à une telle distance ? Ils n'avaient donc rien de mieux à faire ? Aller admirer les animaux, par exemple ?

Soudain, mon cœur a bondi dans ma poitrine, puis s'est mis à battre comme un fou. Là-haut, dans l'allée, au milieu de la foule hurlante, grimaçant telle une hyène, se dressait l'homme de main de Sligo, Gilet Rouge ! Avait-il découvert que j'étais monté dans le bus ?

Il fallait que je trouve une issue, que je m'enfuie. Ma seule option semblait être la petite porte grillagée que j'avais repérée quelques minutes plus tôt et qui permettait aux gardiens de venir nourrir les animaux.

La foule s'excitait de plus en plus, comme si j'étais moi-même une bête sauvage. On m'avait peut-être reconnu, mais je ne pensais qu'à Gilet Rouge, à qui je devais échapper à tout prix pour rejoindre Jennifer Smith. Je devais absolument la voir ! Et je devais auparavant le semer !

C'est la peur qui vibrait dans les exclamations de la foule qui a fini par attirer mon attention.

Peu à peu, les mots qu'on me criait ont pénétré à l'intérieur de mon cerveau.

– Attention ! hurlait quelqu'un. Sors de là ! Pour l'amour du ciel, sors de là !

– Il y a un...

Je ne comprenais pas le dernier mot.

Je me suis redressé lentement.

C'est alors que je l'ai vu devant moi. À quelques mètres.

Je me suis figé sur place.

Lui aussi.

Il s'est arrêté net, a relevé sa grosse tête et a fixé sur moi des yeux jaunes dépourvus de toute expression.

C'était un lion gigantesque, brun doré, avec une crinière noire.

Les cris de la foule amassée dans l'allée, au-dessus de la fosse au lion, me parvenaient de loin et puis soudain je n'ai plus rien entendu du tout. J'ai oublié Gilet Rouge et le danger qu'il représentait. Chaque fibre, chaque cellule de mon corps, se focalisaient sur l'énorme fauve qui me faisait face et agitait sa queue terminée par une touffe noire. Le monde entier se limitait à nous deux. Je ne voyais rien d'autre, je ne pensais à rien d'autre.

Un flux glacé m'a submergé : foncer ou fuir, il fallait choisir. Je ne pouvais pas foncer sur cet animal, un coup de patte lui suffirait à me réduire en miettes. Seule la fuite s'offrait à moi. Pourtant, je savais qu'à la seconde où je ferais volte-face pour lui échapper, il se jetterait à ma poursuite. Mes chances étaient nulles.

Les yeux rivés sur l'énorme créature, le cœur battant la chamade, le corps inondé de sueur, j'ai reculé, un pied après l'autre, en essayant de clouer le lion sur place par la seule force de mon regard.

Impossible d'escalader la clôture que j'avais franchie en arrivant. Mon seul espoir était d'atteindre la porte dans le mur.

Un bruit soudain, pareil au grondement du tonnerre, m'a fait sursauter. La puissance du grognement du lion était incroyable. Et sa queue battait l'air de plus en plus vite.

Il s'est accroupi sur ses pattes arrière en se dandinant tel un chat prêt à bondir sur un oiseau.

J'ai accéléré l'allure, ce qui a semblé l'exciter car il a lancé un rugissement formidable. Il allait m'attaquer d'un instant à l'autre.

Je me suis élancé jusqu'à la porte grillagée que j'ai poussée. Elle était fermée !

Le hurlement d'une alarme a retenti. J'ai sursauté et compris que j'essayais d'ouvrir la porte dans le mauvais sens. Je l'ai tirée violemment !

À la seconde où j'en franchissais le seuil avant qu'elle se referme en claquant derrière moi, j'ai senti une masse s'abattre sur ma jambe !

Un nouveau rugissement m'a transpercé les tympans. Je me suis retourné et j'ai constaté avec horreur que le fauve était venu s'écraser de tout son poids contre la porte. Pourvu qu'elle résiste à la terrible pression !

Le lion est retombé sur le sol. Il m'a regardé à travers le grillage et a rugi une fois encore, fou de rage.

16:59

J'étais dans un enclos au fond duquel se trouvait une deuxième porte. Je m'y suis rué et j'ai débouché dans un couloir, loin du fauve et de ses effrayants rugissements. La sirène était assourdissante. D'un instant à l'autre, l'endroit grouillerait de gardiens et j'aurais Gilet Rouge sur les talons. Il fallait que je disparaisse !

Je dévalais le couloir, dépassant des bureaux vides et des laboratoires, quand une violente douleur m'a arraché un cri. J'ai baissé les yeux et constaté avec stupeur que l'arrière de mon jean était maculé de sang. La toile était déchirée et, dessous, la peau profondément entaillée. Le lion m'avait griffé !

À présent que le choc était passé, la douleur affluait, insupportable. Je me suis appuyé une seconde contre le mur, submergé par un sentiment d'impuissance et de confusion. J'étais piégé, tout comme le fauve que je venais d'affronter.

Je ne savais pas où aller, je n'avais personne pour m'aider. Les photos prises par les visiteurs du zoo avec leurs téléphones avaient sans doute déjà permis de m'identifier. Elles seraient transmises aux chaînes de télévision, aux journaux et à la police.

J'avais complètement raté mon deuxième rendez-vous avec Jennifer Smith. Et j'étais coincé.

Je suis entré en titubant dans une pièce vide. Tremblant de la tête aux pieds, je me suis effondré sur une chaise.

17:10

La pièce ressemblait à un lieu de stockage. De vieux éviers aux robinets courbés disparaissaient sous des piles de cartons. À moins qu'il ne s'agisse d'un laboratoire.

J'ai aperçu une boîte provenant d'une entreprise pharmaceutique et j'ai tenté d'en déchiffrer l'étiquette. Sous un nom scientifique compliqué, une mention précisait : seringues anesthésiantes préremplies.

« Voilà exactement ce qu'il me faut », ai-je pensé. Un calmant.

Mais le son insistant de l'alarme m'a ramené à la réalité. Non, ce n'était pas la solution. Je devais rester vigilant, sur le qui-vive. Garder une longueur d'avance sur Sligo et Oriana de Witt. Me concentrer pour trouver le moyen de m'enfuir.

17:15

Entendant des voix, je me suis relevé et approché en chancelant du carton de seringues pour en prélever quelques-unes et les fourrer dans une poche de mon sac à dos.

J'ai cherché des médicaments contre la douleur, sans succès.

Il fallait que je parte…

Je me suis forcé à bouger, même si j'avais l'impression d'en être incapable.

Je devais à tout prix voir Jennifer Smith, sinon elle s'imaginerait que je l'évitais…

Une fois dans le couloir, comme les voix se rapprochaient, je me suis réfugié dans une autre pièce vide.

Un employé du zoo qui arrivait s'est lancé à mes trousses. Je n'avais plus le choix. Malgré ma jambe blessée et douloureuse, j'ai fait volte-face pour rebrousser chemin. Il s'est mis à jurer et crier dans son talkie-walkie pour appeler des renforts.

Le sang noyant l'intérieur de ma basket, j'ai filé aussi vite que possible.

À l'extrémité du couloir, je suis tombé sur une porte fermée à clé. J'ai regardé désespérément autour de moi pour repérer une autre issue et j'ai foncé dans le bureau de droite. Il n'y avait personne. Afin de retarder mes poursuivants, j'ai verrouillé la porte de l'intérieur. Les fenêtres étaient condamnées, la climatisation bourdonnait.

N'écoutant que mon instinct, j'ai fracassé une chaise contre la vitre. Puis, tout en prenant garde aux éclats de verre, j'ai protégé les bords déchiquetés de la fenêtre avec mon sweat, avant de me hisser sur la rambarde et de sauter deux mètres plus bas. Le contact avec le sol a déclenché une douleur effroyable dans ma jambe blessée.

Je suis parvenu à me remettre debout tant bien que mal. J'avais atterri dans une petite allée, entre deux bâtiments. J'étais seul. Ici, le son de l'alarme était moins strident mais je devinais que le zoo devait grouiller de gardiens, et aussi de policiers.

17:21

La douleur me coupait littéralement le souffle tandis que je claudiquais dans l'étroite allée qui longeait plusieurs bâtiments. L'un d'eux, tout proche, était un rectangle préfabriqué agrémenté d'une véranda sur laquelle étaient alignées des bottes en caoutchouc et des grosses chaussures de protection. Au-dessus pendaient des imperméables mouillés. J'ai gravi les deux marches en boitant, attrapé un coupe-vent vert foncé de gardien de zoo et une paire de bottes hautes. Elles camoufleraient le sang qui imbibait entièrement la jambe de mon jean. J'ai retiré mes baskets et enfilé les bottes en grimaçant de douleur.

Je me suis ensuite avancé d'un pas mal assuré au bord de la véranda afin de jeter un coup d'œil sur le côté du bâtiment.

J'entendais des bribes de commentaires des visiteurs qui se dirigeaient vers la sortie. Ils parlaient de ce qu'ils avaient vu dans la fosse au lion.

– Il n'a pas pu aller très loin, a déclaré une femme.

– J'ai sa photo sur mon portable. Regarde. Là, c'est lui, en sweat gris à capuche.

Soulagé, j'ai resserré le coupe-vent vert foncé autour de moi et fourré mes baskets dans mon sac à dos.

J'ai contourné plusieurs groupes d'employés vêtus de shorts kaki et munis de talkies-walkies avant de dévaler d'un pas lourd le sentier qui conduisait au cadran solaire. J'ai croisé des familles avec des enfants dans des poussettes, des écoliers accompagnés de leur professeur, sans ralentir pour vérifier si Jennifer Smith se trouvait parmi eux. Seuls ma peur, ma douleur et mon désir instinctif de fuir incognito me faisaient avancer.

Je n'avais pas une seconde à perdre.

Les jambes flageolantes, je me suis mêlé à la foule et laissé porter par le flot de gens qui s'écoulait vers la sortie.

17:34

Dissimulé au milieu d'une bande de lycéens de mon âge, j'ai franchi les portes du zoo en boitillant.

J'ai fait semblant d'appartenir à leur groupe en restant près d'eux et j'ai profité de leur joyeuse agitation pour passer inaperçu.

Personne n'a prêté attention à moi dans mon coupe-vent vert foncé, ni remarqué mon visage crispé par la souffrance, même si mes bottes, trop grandes pour moi, ont attiré quelques regards étonnés.

J'ai scruté les alentours à la recherche de Gilet Rouge, en vain.

Ma jambe m'élançait, chaque pas me coûtait un effort surhumain. Jennifer Smith tenterait-elle à nouveau de me joindre après ce deuxième rendez-vous manqué ? Si je n'avais pas été entouré par tout ce monde, je me serais volontiers écroulé en hurlant de douleur et de frustration.

17:52

Dissimulé derrière des taillis non loin du zoo, j'ai essayé de me reposer un peu et de récupérer des forces. J'ai surélevé ma jambe avant de l'enrouler du mieux possible dans un tee-shirt déchiré.

De ma cachette, j'ai constaté que les policiers s'étaient rassemblés devant l'entrée du parc, désormais condamnée par un cordon de sécurité.

Au moins, je me trouvais du bon côté du cordon.

Je n'avais pas le choix. J'ai ravalé mes souffrances, pris un air dégagé et rejoint la file d'attente pour le dernier bus qui retournait en ville.

Le vrombissement d'un hélicoptère a empli le ciel au moment où le véhicule démarrait. Il a attiré l'attention de la foule, m'évitant, pour l'instant, de tomber aux mains des policiers.

Service des urgences
Hôpital du Sacré-Cœur

19:05

J'ai rapidement rempli un formulaire, sous une fausse identité bien sûr : Tom – à cause de mon père – et Mitchell – le nom du premier chien qu'on avait eu quand j'étais petit.

J'étais sans doute naïf de croire que je pouvais me balader comme ça dans la rue et entrer dans le premier hôpital venu mais, loin du zoo et de ses dangers, je me sentais en sécurité. Suffisamment en tout cas. À moins que je n'aie été trop affaibli pour réfléchir normalement à cause de la quantité impressionnante de sang que j'avais perdue.

L'hémorragie avait fini par s'arrêter lorsqu'une doctoresse en jean et blouse blanche m'a appelé au bout de quelques minutes.

Je me suis assis sur une table d'examen pendant qu'elle nettoyait ma blessure, me faisait une injection d'analgésique et recousait la plaie.

Elle a froncé les sourcils en l'examinant et a achevé son pansement en silence. Au moment de m'administrer une deuxième injection, elle a dit :

– Parle-moi davantage de ce grand chien noir.

– À cause de la rage ? ai-je demandé en tressaillant quand elle m'a piqué.

– Non. Il n'y a pas de risque de rage en Australie mais les morsures d'animaux s'infectent facilement. Ne t'inquiète pas, parle-moi simplement de ce chien.

J'ai répété mon histoire de grand chien noir. Sauf que, cette fois, je l'ai pimentée en y ajoutant un ballon de foot dans lequel j'étais en train de shooter.

– Tu jouais au foot avec ces bottes en caoutchouc ?

– C'est idiot, hein ?

« Complètement idiot... J'aurais pu inventer une histoire plus crédible » ai-je aussitôt pensé.

Après avoir fixé le bandage, elle s'est redressée.

– Il ne faut pas le mouiller. Pas de bain ni de douche pendant trois jours.

Je l'ai assurée que ce ne serait pas un problème.

– Il faudra le changer demain ou après-demain. Je fais un courrier pour ton médecin généraliste.

J'ai hoché la tête. Tandis qu'elle rédigeait sa lettre, j'ai aperçu, par la porte entrouverte, un médecin qui téléphonait en regardant nerveusement autour de lui. Il a fait signe à quelqu'un et, en un clin d'œil, un vigile est apparu à ses côtés. La police avait dû les contacter à mon sujet. Il fallait que je me sauve en vitesse.

Je me suis levé pour partir mais la doctoresse m'a rappelé. J'ai bien failli ne pas me retourner en entendant mon faux prénom.

– Tom, j'ai travaillé au Kenya pour Médecins Sans Frontières. Je connais ce type de blessure. Ce n'est pas une morsure de chien. Seules les griffes d'un grand félin provoquent de telles marques.

– Ce n'était pas un chat, c'était un chien.

– Quand je dis félin, je veux parler d'un fauve, Tom.

Nous nous sommes dévisagés en silence.

– Il faut que j'y aille, merci, ai-je marmonné en sortant du cabinet.

Je me suis dépêché de dépasser le médecin qui avait averti le vigile.

21:09

J'ai erré sans but dans l'obscurité, en m'éloignant de l'hôpital, accablé par la solitude. J'en souffrais davantage que de ma blessure recousue.

J'ai repensé au lion, à ses yeux immenses, à la façon dont ils avaient froidement fixé les miens… avant qu'il ne bondisse sur moi et me lacère la jambe.

Je voyais dans ces yeux une menace qui me mettait mal à l'aise. Est-ce que j'allais finir par craquer et mériter l'étiquette d'« ado-psycho » qu'on m'avait collée sur le dos ? Je craignais que la traque et l'isolement n'aient cet effet. Peut-être plus tôt que prévu.

De l'autre côté de la rue, une cabine téléphonique m'a attiré comme un aimant. J'ai traversé en boitillant et composé le numéro de mon oncle. Je ne voulais pas utiliser mon portable de peur d'être repéré.

– Allô ? a crépité la voix de Ralf.

Je l'ai imaginé à l'autre bout de la ligne, il avait le visage de mon père.

– Qui est à l'appareil ? C'est toi, Cal ?

Sa voix s'est aussitôt adoucie.

– Écoute, mon grand, je t'en prie, reviens à la maison. Ta mère a besoin de toi. Nous avons tous besoin de toi.

Il a marqué une pause, attendant que je réponde, mais j'étais incapable d'articuler le moindre mot.

– Tu es toujours là ? Parle-moi, je t'en supplie, mon grand.

– Salut, ai-je fini par murmurer.

Je ne pouvais pas faire mieux.

– Cal ! Tu vas bien ? Rentre à la maison, s'il te plaît. Cal ? a-t-il répété après un long silence.

Dans le fond, j'ai entendu ma mère qui demandait à voix basse :

– Qui est-ce ?

J'ai raccroché avant de leur laisser le temps d'en dire davantage.

Jamais plus je n'aurais de nouvelles de Jennifer Smith, j'en étais convaincu. Depuis que j'avais quitté le zoo, j'avais espéré recevoir un appel. Qu'elle me donnerait une chance de m'expliquer. Qu'on s'arrangerait pour se retrouver ailleurs le soir même. Mais pourquoi me bercer d'illusions ? Si elle avait voulu me contacter, elle l'aurait déjà fait. Je n'avais plus qu'à retourner dans la planque de St Johns Street et m'y terrer.

Mon portable a sonné à l'instant même où j'abandonnais tout espoir.

– Cal, c'est moi. Il faut que je te voie.

Winter !

Je l'ai imaginée avec son abondante chevelure sombre flottant dans son dos. D'où m'appelait-elle ?

– Salut, ai-je soufflé, tandis que l'image de ses cheveux sombres laissait place à celle de sa silhouette fouinant chez Sligo, au milieu des épaves de voitures, pour voler des pièces détachées.

Jouait-elle un double jeu avec moi comme avec Sligo ? Malgré cette incertitude, le son de sa voix a réussi à dissiper mon humeur triste.

– On pourrait se retrouver à l'Hibiscus Café. Il reste ouvert assez tard. Pour bavarder devant un smoothie ou un café ?

– Tu connais ma situation question fric, ai-je répondu sans vouloir insister au téléphone.

– Écoute, tu m'offres ta compagnie, je t'offre le smoothie. D'accord ?

Elle a ri et ajouté :

– Enfin, ce n'est pas tout à fait vrai. Sligo t'offre le smoothie sans le savoir.

J'ai souri en l'entendant rire, mais je me suis vite repris.

– Je t'ai vue rôder dans l'entrepôt de Sligo, ai-je lâché. Tu soulevais les bâches pour inspecter les voitures.

– Qu'est-ce que tu racontes ?

– L'entrepôt de vieilles voitures. L'autre jour. J'étais venu avec l'espoir de t'y rencontrer et je t'ai surprise en train de fouiner.

– Tu te trompes, Cal. Pourquoi, moi, j'irais fouiner chez Sligo ?

« Oublie son adorable éclat de rire, me suis-je dit. Pense à Sligo. Cette fille est avec lui. Elle ment. »

– Bref, a repris Winter sur un ton amical, je dois te parler de quelque chose. De quelque chose de très important. Et de très dangereux aussi.

– Quoi ?

– Je t'expliquerai quand on se verra. Où es-tu en ce moment ?

– Pas très loin de l'Hibiscus Café. Je suis juste...

Je me suis interrompu.

J'étais fou ou quoi ? Révéler à Winter où je me cachais ? Et si Gilet Rouge était à côté d'elle ?

– Peu importe, ai-je enchaîné en réfléchissant à toute vitesse.

Je voulais la voir, bien sûr. Mais je devais choisir un endroit où arriver avant elle – un endroit d'où je pourrais la surveiller, vérifier si elle était seule.

Ou pas.

La tour de l'horloge, près de Liberty Square par exemple. Elle offrait une vue dégagée sur le côté est de l'esplanade où un autre café serait encore ouvert.

– Si on se rejoignait plutôt au Blue Note à 22 heures ? ai-je proposé.

– ...

– Allô ? ai-je dit, étonné qu'elle ne réponde pas.

La ligne avait dû être coupée. Winter n'était plus là. Je cherchais son numéro pour la rappeler quand un crissement de pneus m'a fait sursauter.

Une Subaru noire venait de piler et de monter sur le trottoir quelques mètres derrière moi ! Gilet Rouge descendait déjà du siège du conducteur !

Y avait-il une autre personne assise à l'arrière ? Quelqu'un à la chevelure sombre qui m'avait tendu un piège ?

Je me suis mis à courir. Malgré ma jambe qui me faisait un mal fou, j'ai traversé la rue en zigzaguant entre les rares voitures, ignorant les coups de klaxon et les injures des automobilistes stupéfaits et furieux. Du coin de l'œil, j'ai vu Gilet Rouge se lancer à ma poursuite. Il courait vite et se faufilait lui aussi entre les voitures.

Tête baissée, j'ai foncé comme un fou sur le trottoir, bousculant les piétons sur mon passage et me cognant à ceux que je rencontrais au coin des rues.

Gilet Rouge était toujours à mes trousses.

J'étais presque arrivé à la gare. Je me suis précipité vers l'entrée, espérant me débarrasser de lui au milieu de la foule des banlieusards rentrant chez eux et des voyageurs qui arpentaient les quais.

Mais un rapide regard en arrière m'a convaincu qu'il ne me lâcherait pas d'une semelle. Il me rattrapait. La distance entre nous se réduisait et il en avait conscience. Je voyais son sourire sinistre s'élargir tandis qu'il s'apprêtait à poser la main sur moi. « Je vais t'avoir, semblait-il dire. Tu es mort ! »

J'ai forcé sur ma jambe blessée, accélérant à une allure de dément. Je ne savais que trop ce qui m'attendait si jamais j'étais repris. La torture. La mort. Je devais absolument le semer.

Gare souterraine
Liberty Square

22:02

J'ai franchi d'un bond le portillon en jetant un œil derrière moi pour voir si Gilet Rouge me suivait toujours. Un agent sur le quai a saisi son talkie-walkie, dans l'intention de me dénoncer, sans aucun doute. J'ai continué à courir, de plus en plus essoufflé et affaibli par la douleur qui me vrillait la jambe. Mais je ne pouvais plus m'arrêter maintenant.

J'ai dévalé l'escalier menant aux quais avec l'espoir de sauter dans le premier train et d'échapper à mon poursuivant. Raté : le train qui s'éloignait avait déjà pris trop de vitesse.

D'autres escaliers descendaient vers d'autres quais. Je n'avais pas le choix. Je devais redoubler d'efforts.

Gilet Rouge a grogné dans mon dos. Pris de panique, j'ai trébuché et dévalé d'un coup la moitié des marches. Les points de suture ont lâché au moment où j'ai atterri sur le sol.

Grimaçant de douleur, titubant, ma blessure à nouveau ouverte, j'ai malgré tout repris ma course éperdue.

Mon sac me martelait le dos, me tirait sur les épaules. J'aurais voulu m'en débarrasser, mais c'était impossible. Il contenait tout ce qui m'était précieux.

« Y compris des seringues anesthésiantes! » me suis-je souvenu.

Sans cesser de courir vers les trains au départ, j'ai fouillé à tâtons la poche latérale dans laquelle j'avais caché les seringues du zoo. J'en ai saisi une. La seringue neuve, avec son aiguille protégée par un capuchon conique, était enfermée dans un étui en plastique stérile. Je l'ai déchiré d'un coup de dents.

Le sang recommençait à couler à flots de ma blessure à la jambe. Cela me fatiguait et ralentissait mon allure.

J'ai vu Gilet Rouge dévaler à son tour l'escalier quatre à quatre. Arrivé au bas des marches, il s'est précipité vers moi. Il y avait peu de voyageurs sur le quai. La vue d'un adolescent courant et boitant n'a pas semblé les émouvoir particulièrement. Deux femmes ont juste serré leur sac contre elles.

La bouche d'un tunnel s'ouvrait devant moi.

Je n'ai pas hésité.

J'ai foncé.

Le souffle court, saccadé, j'avais de plus en plus de mal à respirer. J'atteignais le bout de mes forces.

Je me suis retourné.

Un cri de terreur m'a échappé : Gilet Rouge était presque sur moi! Je l'entendais haleter, je voyais la rage défigurer son visage, rétrécir ses yeux méchants. Il allait me faire payer cette cavalcade. Il me touchait quasiment. Mon plan exigeait qu'il le fasse, mais je ne savais pas s'il fonctionnerait.

Je me suis enfoncé davantage dans les ténèbres béantes du tunnel. Le quai se rétrécissait. Au bout, il y avait la voie.

Je n'avais pas le choix. J'ai sauté et continué tout droit, courant le plus vite possible le long des rails. Des lampes bleues de faible intensité éclairaient, à intervalles réguliers, des niches de sécurité de la taille d'un homme qui s'ouvraient dans le mur.

En entendant Gilet Rouge s'élancer derrière moi avec un grognement, j'ai ôté le capuchon de la seringue et fait mine de trébucher sur une traverse.

Il a poussé un rugissement de triomphe et s'est redressé, prêt à bondir.

Je me suis couché sur le dos, la seringue fermement pointée vers le haut.

Quand il est tombé sur moi et m'a saisi entre ses mains puissantes, je me suis projeté en avant pour lui planter l'aiguille dans le cou. J'ai pressé le piston avant qu'il ait le temps de comprendre ce qui lui arrivait. La douleur et le choc lui ont arraché un cri aigu. Pourtant, très vite, ses deux poings se sont refermés et, lorsqu'il a frappé, j'ai à peine eu la force d'esquiver.

Ses mains ont d'abord heurté le rail gauche, puis il s'est affaissé, a roulé sur la voie, l'aiguille toujours fichée dans le cou. J'ai vu ses yeux se poser sur moi, leur expression étonnée quand il a essayé de se relever sans y parvenir. Il a battu des paupières, ouvert et fermé la bouche, comme s'il voulait parler, mais aucun son n'est sorti.

Avachi sur les rails, aussi mou qu'une poupée de chiffon, les yeux révulsés, il n'a plus bougé.

– Fais de beaux rêves, ai-je murmuré.

22:25

Les poumons brûlants, je me suis écroulé dans le tunnel sous une lampe bleue. Chaque muscle de mon corps m'élançait ; je sentais le sang couler de la plaie de ma jambe. Sur le quai, des voyageurs s'étaient mis à crier et il ne faudrait pas longtemps avant que des agents de sécurité ne rappliquent. Ils découvriraient Gilet Rouge couché sur les rails, à l'intérieur du tunnel. Il ne fallait surtout pas qu'ils me trouvent près de lui.

J'ai repris ma route, en enjambant les boîtes de raccordement et de sécurité fixées le long de la voie. Soudain, le grondement d'un train a résonné de plus en plus fort.

J'ai d'abord senti une petite brise fraîche, puis un souffle puissant. Le bruit ne provenait pas d'un autre tunnel, mais de celui où je me trouvais. Et il fonçait sur moi !

Avant de courir me mettre à l'abri dans la niche la plus proche, je me suis retourné. La silhouette inerte de Gilet Rouge gisait sur les rails. J'ai hésité, failli ignorer l'élan qui me poussait à revenir sur mes pas pour le déplacer, mais c'était plus fort que moi : impossible de le laisser en travers de la voie qu'un train empruntait à toute allure.

Le son est devenu presque insupportable tandis que je faisais demi-tour. Puisant dans mes dernières forces, j'ai glissé mes mains sous son corps. Brusquement, alors que je commençais à soulever ce poids mort, les lumières bleues ont disparu. Un voile noir est tombé devant mes yeux. Paniqué, j'ai trébuché. Une douleur fulgurante m'a traversé la jambe. Les lumières bleues sont réapparues, ont clignoté.

Le corps de Gilet Rouge avait roulé en dehors des rails, en revanche mon pied ensanglanté avait glissé entre une traverse et une boîte de sécurité sur une grille métallique… Il était complètement coincé.

Le rugissement du train emplissait le tunnel. Je distinguais maintenant des phares qui éclairaient au loin, derrière moi. Le visage inondé de sueur, j'ai essayé frénétiquement de me libérer.

À l'approche du train, l'appel d'air m'a frappé le dos. Pris de panique, j'ai tenté de dégager mon pied en le tordant et le tirant dans tous les sens.

La locomotive arrivait sur moi. À présent, je distinguais la cabine, au-dessus des phares. Le conducteur m'avait repéré !

Il a actionné les freins ; les roues ont crissé sur les rails.

Allais-je perdre ma jambe ? Ou ma vie ?

J'ai hurlé et ma voix a été avalée par le son terrifiant des roues glissant sur le métal dans une gerbe d'étincelles. Les phares m'aveuglaient. Le grincement suraigu des freins, la plainte déchirante du klaxon résonnant dans le tunnel m'assourdissaient. Bandant chaque muscle de mon corps, je m'efforçais toujours de libérer ma jambe !

Jamais le train ne s'arrêterait à temps. J'allais être écrasé sur les rails ! Dans un ultime sursaut, j'ai tenté d'échapper à cette mort horrible. Mais mon pied, prisonnier de sa botte coincée dans la traverse, ne bougeait pas.

Comme dans un film au ralenti, pétrifié d'horreur, j'ai regardé le train se rapprocher. Le temps semblait suspendu…

Cal parviendra-t-il à se dégager ?

Pourra-t-il enfin rencontrer Jennifer Smith ?

Détient-elle la clef de l'Énigme Ormond ?

Vous le saurez dans

CONSPIRATION 365

MARS

Retrouve Cal
et toute l'actualité de la série

CONSPIRATION 365

sur le site

www.livre-attitude.fr

PAPIER À BASE DE FIBRES CERTIFIÉES

RAGEOT s'engage pour l'environnement en réduisant l'empreinte carbone de ses livres.
Celle de cet exemplaire est de :
482 g éq. CO_2
Rendez-vous sur
www.rageot-durable.fr

Achevé d'imprimer en France en novembre 2012
sur les presses de l'imprimerie Hérissey
Dépôt légal : janvier 2013
N° d'édition : 5751 - 01
N° d'impression : 119626